기도묵상

기도묵상

이계자 시집

문학나무

「시인의 말」

하나님 영광을 위한 마음의 길

인간이 이 세상에 존재하면서 자기의 분명한 의사를 표현하는 언어가 사용되었습니다. 그 언어의 소통이란 상호간에 얼마나 중요한 역할을 하는지 좋은 말 한마디로 사람의 마음을 감동시키기도 하고, 잘못된 말 한마디가 상대방을 나락으로 밀어 떨어뜨리기도 합니다. 말이란 하나님께서 인간에게 주신 소중한 선물입니다. 그런데 그 말을 글이라는 문자를 매개체로 하여 표현한다는 것은 모든 피조물 가운데 오직 인간만이 누릴 수 있는 특권이요 축복입니다. 인간이 성숙되면서 사회에 적응하고 교육을 통하여 하나님이 주신 무한한 가능성을 개발합니다. 인간의 역사가 쌓여지면서 사람들은 문자를 통하여 그 된 일들을 기록으로 남겼습니다. 그리고 단순히 사실만을 기록하여 남기는 것이 아니라 그들이 생각하고 연구한 모든 것들, 즉 인류의 발전을 위한 문명적 차원의 과학기술 등을 개발하는 일들, 그리고 정신적 개발을 위한 부분들, 즉 문화라는 범위의 여러 부분들을 꾸준히 연구하고 발전시키며 노력해 왔습니다. 그 결과 세월이 흐를수록 인간은 눈부신 발전을 거듭했습니다. 그 모든 것들 중 중요한 부분을 차지하는 것은 그것들을 표현하는 글이라는 매개체입니다.

많은 문화사업 중 글을 쓰는 작가는 한 줄 한 줄 글을 써내려 갈 때마다 자신의 주관적인 관점에 치우치지 않으려고 노력합니다. 그 글이 자신만을 위한 글이라면 독백으로 끝나버립니다. 또한 지나치게 객관화시킨다면 이는 학문적인 논문 범위에 속하므로 창작성 있는 작품을 쓰는 작가의 태도에서 벗어난다고 할 수 있습니다. 작가가 어떤 마음으로 글을 써야 하는가에 대하여 우리들에게 쉽게 알려준 사람이 있습니다. 그는 라이나 마리아 릴케입니다. 그는 작가를 향하여 이렇게 말했습니다.

"쓰지 않으면 견딜 수 없는 마음의 욕구가 있을 때 글을 쓰라고" 했습니다. 작가는 그런 마음의 태도로 글을 쓰라는 것이지요. 작가란 억지로 머리를 쥐어짜서 되지도 않는 글을 만들거나, 또한 글 자체를 쓰는 목적 이외에 그 어떤 다른 목적으로 펜을 들지 말라는 것이지요. 사실 "역사는 사실의 기록이요, 소설은 가능한 세계의 기록이다"라고들 합니다. 창작세계의 무한성은 참으로 아름답다는 생각이 듭니다. 이 모든 것을 하나님이 인간에게 주신 귀한 선물이기 때문입니다.

저는 그러한 창작의 세계에 가는 길목에서 그러한 능력을 주신 하나님을 먼저 찬양하고 싶었습니다. 성경은 모두 성령 하나님의 감동을 받은 인간을 통하여 기록되었습니다. 그래서 우리들은 성경을 쓴 사람들을 저자라기보다는 기록자라고 부릅니다. 성경의 원저자는 하나님이시기 때문입니다. 다 같은 하나님 말씀이지요. 그 말씀 모두 꿀 송이 같은 하나님 말씀입니다. 전 그 말씀들을 모두 귀히 여기고 있는데요, 특히 시편을 읽을 때면 영혼 깊은 곳에서 말할 수 없는 탄성이 터지곤 합니다. 아아! 어쩜 이렇게도 하나님께서는 인간들을 사랑하실까? 전 150편의 그 시편에서 인간을 향하신 끝이 보이지 않는 하나님의 아가페 사랑을 영혼으로 깊이 만끽합니다. 너무나 감격스럽고 표현할 수 없는 감동의 물결 속에 그냥 잠기는 자신을 발견합니다. 저는 때때로 기도가 잘 안되고 막힐 때가 있습니다. 그럴 때 저는 제가 좋아하는 찬송을 부릅니다. 그리고 시편을 펴고 크게 낭송합니다. 시편은 어디를 펴고 읽어도 그대로 기도문입니다. 하나님의 사랑과 은혜의 폭포수가 쏟아집니다. 제게는 그렇습니다. 한참을 읽다보면 저절로 기도의 줄이 잡혀서 기도가 제대로 자리를 잡고 경건한 경지로 들어갑니다.

그러한 신앙의 체험을 글로 표현하고 싶다는 마음의 욕구가 강하게 제 마음을 사로잡았습니다. 릴케의 권면이 강하게 각인돼 왔습니다. 그러한 하나님에 대한 감사를 진지하게 표현하여 하나님께 영광 돌리고 싶은 제 마음의 요구에 따라 매일매일 하나님께 저의 진솔한 마음을 시와 신앙고백이라는 형식을 빌려 펜을 들었습니다.

하나님과의 행복한 랑데뷰! 그렇게 하루하루 하나님께서 베풀어 주신 은혜 앞에 감사 감격하는 마음을 글로 표현하다보니 상당한 분량이 되었습니다. 제 신앙고백인 기도묵상이 많은 영혼에게 공감의 위로가 되기를 소망합니다.

이 책이 출판되기까지 끊임없이 애쓰시고 기도해 주시고, 지도편달을 아끼지 않으셨던 『크리스천문학나무』 편집인 되시며 시인이시고 신학자이신 신성종 목사님과 역시 『크리스천문학나무』 편집주간되시고, 소설가이시며 신성종 목사님의 사모님 되시는 이건숙 선생님과 『크리스천문학나무』 고문되시고 소설가이신 황충상 교수님, 『크리스천문학나무』 모든 기도동지 회원님들께 심심한 감사를 드립니다. 또한 평생을 묵묵히 인생의 든든한 동반자가 되어주신 남편 이상석 집사님, 엄마 곁에서 큰 울타리가 되어준 큰딸 주희와 사위 승국, 아들 목사 준희, 막내딸 영희 그리고 위로와 격려를 아끼지 않았던 멀리 아르헨티나에 있는 바로 밑의 여동생 양자 권사, 남동생 준호 권사에게 깊은 고마운 마음을 표합니다.

2021년 1월
이계자

차례

묵상 2

넘치는 축복

기도 3
구원의 은총

묵상 4

주님과 동행 길

기도 1
감사 찬미

001 오늘도 감사할 일

어제는 침대를 옮겼어요. 화장실 때문이어요. 딸과도 화장실 따로 쓰려고요.

직장에 근무하는 딸이 따로 쓰자고 해요. 본인이 밖에서 왔으니 마음 놓을 수 없다고요.

틀린 말 아니어요. 화장실 있는 방으로 침대를 옮기느라 땀 뻘뻘.

지금 아주 조심할 때이지요. 힘은 들었어도 개운해요. 밥도 따로 먹어요.

철저히 조심하는 것이지요. 저는 꼼짝없이 집에 있어도 딸은 움직여야 하니깐요.

하여튼 좀 이상한 시간을 보내지만, 휘파람 불며 기뻐해요.

어떤 환경에서도 주님은 저희와 함께하셔요.

세상 끝 날까지 함께 하신다고 하셨어요. 성경 말씀 그대로 믿는 것이 얼마나 든든한지요! 세상 말들은 100% 못 믿어도요.

하나님 말씀은 진리 그 자체이시니깐 주님 말씀은 그대로 이루어져요.

그 말씀에 귀를 기울여야 인간이 표준삼을 것을 주셔요.

우리의 모든 시작과 끝도 성경에서 시작되어요.

그 성경은 성령님께서 친히 인간을 통해 기록하게 하셨어요.

그렇기에 성경은 일점일획도 오류가 없을 수밖에요.

천지는 없어져도 말씀은 영원합니다.

그 말씀이 도성인신(道聖人身)하시어 속죄의 길을 열어 놓으셨어요.

우리는 얼마나 행복한 존재들인지요!

그 속죄의 기쁨, 은총, 그 한 가지만으로도 그저 감사할 수밖에요.

지금 비록 코로나로 인하여 난감한 현실이어도 아무 염려 안 해요.

이보다 몇천 배 어려운 일도 해결해 주셨으니까요.

'지존자의 은밀한 곳에 거하는 자는 전능자의 그늘 안에 거하게 하신다'는 시편 91편 말씀이 주님의 약속이기 때문입니다.

그 말씀 꼭 붙들고 의심 없이 믿습니다.
그 믿음 위에 주시는 행복 아아!
그러므로 오늘도 그저 감사할 뿐입니다.

002 그저 그저 감사

주님! 그저 그저 감사, 너무너무 감사.

거기 하나님 마음 잔뜩 있어요.

그 사랑 우주를 덮어요.

온 피조 세계에 가득해요. 그 사랑으로 얽혀있어요. 그것은 바로 주님 마음이어요.

그건 인간의 붉은 심장 속 깊이에 활활 타오르는 불꽃이에요.

저는 그 불꽃 안에서만 살 것이에요. 다른 것은 필요 없어요.

주님 심장에 가득 차신 그 사랑의 불꽃이면 충분합니다.

저를 만드신 주님!

주님 그 생명의 숨결, 제 안에 가득 찬 걸요.

그것만이 제 생명 본체예요. 육체는 여기 잠깐 머무는 나그네.

그래도 피 흘림이 없으면 죄 사함도 없어요.

이 땅에서의 소중한 법칙이에요.

육체로 태어난 자의 축복이지요.

영혼 구원받고, 나중 그 육체는 부활하신 주님과 같은 신령한 몸으로 변화 받아 영생합니다.

감사할 뿐입니다.

003 감사할 일이 우주에 널렸어요

전 얼마나 행복한지요. 어딜 봐도 감사의 시간이 널려 있는 걸요.

그럴 수밖에요. 전 그냥 주님 은혜 안에서 행복을 누리고 사니까요.

원래 인간의 존재라는 게 일방적인 하나님 은혜에서 출발했으니까요.

그런데 우리는 그 근본 뿌리를 잊어버리고 자기 목숨이 자기 것으로 알고 살아요.

'내가 너희를 만들고 내 영을 불어넣지 않았니? 너희들만이 영원한 생명이 있지 않니?

내가 너희들에게 그런 영의 생명을 줄 때는 그냥 주었겠니? 많은 피조물 중에서 내 세밀한 계획과 진행, 그리고 결국은 완벽한 행복을 주기 위함이 아니겠니?

그런데 너희 문제에 내가 외면할 거로 생각하니?'

그래서 그들이 쉽게 이해할 수 있게 말씀하셨지요.

'이 답답한 사람들아!

공중의 새도 내가 먹이고 들의 풀들까지도 내가 입혀주는 것 보아라.

죽으면 그대로 사라지는 새도 오늘 아궁이에 던져질 들풀도 내가 먹이고 입히는데 너희는 참새보다 더 귀하고 들풀보다 더 소중한데 내가 먹이고 입히지 않겠니?' 라고 알아듣게 말씀하셨어요.

그 귀하게 창조된 너희들 제발 너희 주인이 누구며, 그가 너희를 얼마나 사랑하시는가를 알라는 말씀이지요.

그러니 우주 전체는 저희가 주님께 감사할 일들로 가득 차 있을 수밖에요.

아아! 그래서 전 이 순간 그저 그저 감사하고 있어요.

004 새해 첫날

새날 기쁨 넘쳐흘러 골수까지 퍼지네요.

지금 여기 주님 은총 메아리로 다가와서 천상축복 찬란함이 새해 공간 넘쳐나요.

어제의 어두움 새날 따라 안 보여요.

창조 시 만드신 축복의 분분 초초.

인간 역사 풍요롭게 너울너울 춤추며 저 세계까지 은총의 순간들이 그분 안에 그대로 넘쳐나네요.

이렇게 살다가 황홀한 만남 꿈꾸며 흐르는 복락의 강수, 유리바다 건너편 땅, 거기서 빛내며 살리라 살으리랐다.

새 바람 소리 축복의 잉태 소리 온 우주 창조의 빛깔 넘실넘실거려요.

천군의 찬양 소리 어후이 어후이!

보좌에서 흐르는 축복의 메아리 온 누리 가득한 신년 새해.

즐거워 덩더꿍 덩더꿍!

태어남의 감사 소리!

살아있음 감격시워 영생복락 기쁨 소리 넘치고 넘치어라.

005 감사 안 하고 어찌 살아요

감사 안 하고 어찌 살아요?

감사 안 하고 살아있음 기적이지요.

그냥 자기가 사는 줄 아는가…….

존재 자체가 자기 것이 아닌 걸요.

그분 은혜 안에서 생명 받았고 거기서 영생보장 받았어요.

하루하루의 쌓이는 인간 역사.

거기 주님 함께하셔요.

인간 혼자 두면 철없는 어린아이예요.

자신들은 모든 것을 가장 합리적으로 잘 처리하는 것으로 알아요.

그런데 아니에요.

하나님께서는 인간에게 한계를 정해 주셨어요.

그들이 행할 수 있는 만큼만 허락하셨어요.

우리는 그 안에서 충실하게 주님께 순종하는 삶을 살기만 하면 돼요.

축복의 삶!

가슴에 복받치는 이 감사의 마음 황홀합니다.

006 새날의 연가

사랑합니다. 나의 주님!
다시 사랑을 고백합니다.
주님 사랑 안 하면 저 과연 누굴 사랑할까요.
저의 생명의 근원 되시고 존재의 뿌리 되시는 주님!
이 새벽에도 당신을 향하여 목메어 소리칩니다.
주님 떠나시면 전 살 수 없어요.
제 존재의 터가 흔적도 없이 사라진다고요.
외치고 또 외쳐요.
주님!
감사하고 또 감사해요.
모든 것의 모든 것 되시는 나의 주님.
모든 것 다 소유하신 만물의 주인 되시는 분.
그 주님이 저를 위해 그 고난의 잔을 마시었어요.
어떤 필설로도 그 은혜 어떻게 표현할 수 없어요.
영원한 피안의 세계를 향하여 목 터지게 외치고 목 놓아 오열해요.

제 의식이 생존하는 한 그 은혜 앞에서 터질 듯한 심장 부여안고 감사.

감사합니다.

007 감사의 조건들

시간이 흐를수록 살아있음 감사, 영원세계 주심 감사, 그 나라와 연결된 생명 무한감사, 어려움 극복감사, 새 소망 주심 감사, 절망을 극복한 감사, 그분 품안 안식 감사, 기쁨 주시고 환희 안에 영생 보여 다시 감사, 지금 호흡 넘쳐서 감사.

붉은 가슴 벅차오르게 하는 이 땅 위에 나타난 그분의 무한사랑, 엄청 크신 계획 어찌 다 알 수 있을까요.

오직 아버지만이 아시는 크고 넓은 무한대의 긍휼, 푸른 창공 나는 온갖 새들도 창조주를 마음껏 찬양해요.

바다와 육지를 가르고 보좌까지 연결되는 궁창의 너른 신비여!

그 솜씨를 찬양합니다.

삼층천 깊은 곳 영화로움 넘치고 넘쳐, 보석 빛깔 신비의 아롱거림을 바라보며 무한 감사 올립니다.

008 감사로 목마름을 채워요

감사하니 갈증 채워지네요.

인간의 욕심 끝없어 그 종점 찾지 못해요.

감사의 마음이 온 정신 지배할 때 헛된 것들은 모두 사라져요.

목마름…… 언제나 끝일 줄 모르다가 멈추는 명약 여기 있네요. 오직 감사입니다.

감사의 마음 포근히 펼쳐지니 기쁨 가득히 넘치고 말고요.

흙집 인간에게 영생 있으니 그저 감사할 뿐이에요.

오늘을 주시니 시간의 축복 넘쳐흐르고 영원의 세계 여전하니 어찌 걱정 맘에 남겠어요.

주님 영광 우주에 차고 영생 약속 영원하니 미래를 향한 부푼 꿈 언제나 희망 넘쳐요.

오늘의 행복 한없이 펼쳐진 꿈의 세계는 인간의 근원을 고백하게 됩니다.

오늘도 감사는 힘찬 소망으로 달려가고 있어요.

009 감사의 하루가 시작되어요

은총의 하루입니다.

그 은혜 이렇게 영혼과 육체가 함께 주님을 찬송할 수 있겠어요?

믿지 않는 사람들은 살아계신 하나님을 안 계신다고 소리쳐요.

미망에 사로잡혀 헛된 신을 만든 인간들의 어리석음!

지금 시간은 인간 역사의 마지막이 보이는 시대여요. 그러므로 우리는 그날을 바라보며 춤을 추고, 불신의 사람들은 방향을 잃고 허덕여요.

그냥 가는 세월이 아니어요.

하나님의 정확한 시간표는 이제 그분의 계획대로 끝을 향해 정확히 가고 있어요.

감사가 넘치는 오늘, 주님 뜻 받들어 섬기는 귀한 하루가 시작되어요.

떨리는 마음으로 기대에 찬 하루를 맞이해요.

010 거룩한 부활의 날

주일을 맞이할 때마다 거룩한 주님의 부활을 묵상합니다.

부활의 기쁨을 만끽하게 하시는 주일의 축복은 이 시대를 살아가는 저희의 말할 수 없는 홍복입니다.

지금 저희의 생명 호흡이 생생히 넘치고 있어요.

이 땅에 살아있는 감격이 함께 하는 오늘이에요.

아직 여기서 할 일 남았기에 이처럼 씩씩하게 호흡하고, 열심을 다해 맡겨주신 일에 최선을 다하는 것이지요.

그러므로 '사나 죽으나 우리는 주님의 것'이라는 복음성가 가사가 생각납니다.

맞습니다. 이 땅에 남아있어도 영원한 본향에 가도

모두 같은 복을 받은 존재니 새삼 감사로 물드는 날입니다.

우리가 주님을 영접하면서 우리의 존재는 그분 안에 있어요.

사단은 틈만 나면 아니라고 속삭여요. 절대 속으면 안 돼요.

성령님께서는 우리 안에 좌정하시고, 사단의 간사한 궤계에 속지 말라고 계속 권고하셔요.

성령님 모셔 들이고 우리가 얼마나 행복한지요.

거룩한 부활의 날인 주일에 특별히 감사합니다.

011 재림 주님

초림 주님 이미 은혜로 맞이했어요.

이천 년 축복의 시간도 지났어요.

더 많은 백성 천국 영접 위해 재림(再臨) 미루시고 시간 공백 내주셨네요.

우리의 의지로 주님 섬기기를 그렇게도 간절히 원하셨어요.

십자가 모진 고난 피조세계 향하신 뜻, 깊은 사랑, 높은 이상, 인간에게 퍼부으셨어요.

하나님 영을 부어주어 영원세계 열어주사 인간 생각 접어두며 긴 세월 훈련해서 자기 존재 깨닫도록 토닥토닥 일러주셨어요.

영적 눈이 뜨이도록 애쓰시고 수고하시고 세월 따라 주님 마음 얹으셨어요.

우리를 안아 영원토록 그 마음 간직하게 하셨어요.

주님 안에 얻는 행복 그 어디에 비교하리.

주님 재림이 아주 가까웠어요.

012 새날의 새 노래

새날에 새 노래 불러요.

하나님 창조의 위대하심으로 하루하루가 새롭게 단장된 것이어요.

저녁이 되고 아침이 되니 이는 첫째 날이니라.

새롭게 다시 새날이 열릴 때마다 새순이 돋듯 새 창조물들이 나타났어요.

하나님 오묘하신 창조의 운행하심이 온 우주에 펼쳐졌어요.

오직 그분만이 하실 수 있는 기적적 역사가 춤을 추듯 온 누리를 덮었지요.

모두 아름다운 창조물이었어요.

그 창조의 새 역사는 엿새로 그대로 끝난 것 아녜요.

그분의 선한 손길은 계속되고 있어요.

다만 그것을 받는 인간들이 그 뜻을 제대로 받지 못함으로 그 빛이 제대로 펼쳐지지 못하는 것이지요.

하나님께서 하시는 모든 것은 언제나 피조물을 향하신 사랑이 물씬 묻어난 것이지요.

우리 의지의 활용을 안타깝게 바라보시는 그분의 마음 우리가 기쁘게 해드리는 것이 그렇게 어려운 일인지요.

결과는 우리들의 행복인 데도요.

조금이라도 그분의 마음 헤아리며 오늘 새날에 새 노래를 힘차게 불러요.

013 집에 갇혔는데 감사

모두 집 안에 있어요.

무섭게 퍼지는 코로나바이러스 피하여 꼭꼭 숨어 있어요.

이런 재앙 기막혀도 주님 안에 있어 행복합니다.

만일 지금 잘났다고 스스로를 내세우고 있었다면 높고 험한 산 오르다가 지쳐 거친 바위에 앉아 하염없이 한숨만 쉬고 있는 길 잃은 등산객 몰골이겠지요.

비록 꼼짝 못 하고 집안에 갇혀있어도 마음은 한없이 자유롭습니다.

영혼에 성령님 계심을 분명히 알고 있기 때문이지요.

주님 안에 거하는 행복이 넘쳐요.

초막이나 궁궐이나 내주 예수 모신 곳이 그 어디나 천국이라는 찬송가 가사를 떠올려요.

온 우주 어디나 그 편만한 가운데 계신 하나님!

좁은 방 안에도 소파가 널린 거실에도 설거지할 때도 그분은 여전히 우리와 함께 계시기 때문이지요.

답답한 집안 한구석에 있어도 그저 감사할 뿐이에요.

숨을 제대로 쉬게 하니 감사합니다.

공기를 주셔서 감사하지요.

먹을 양식을 골고루 주셔서 감사하지요.

그저 감사합니다.

014 놓칠 수 없는 은총의 순간

은혜 아니면 살 수 없어요.

그 안에서만 안식 있어요.

거기서 우리가 모두 나왔으니까요.

우리 근본을 제대로 찾는 것이 뭐가 그리도 복잡한지요.

차라리 바보가 편하다고들 해요.

복잡을 떨어도 얻는 것 없어요.

공연히 실수만 잔뜩 하는 것뿐이니까요.

수천 년 전이나 바로 어제까지도 인간은 똑같은 실수를 반복하고 있을 뿐이지요.

인간이 하나님 뜻대로 행하지 않으면 이 현실 자체는 의미 없어요.

그러니 은총의 순간을 놓치지 말아야지요.

015 좋은 날 주셔서 감사

주님 주시는 날은 모두 축복의 날들입니다.

오늘도 또 새날의 축복을 주셨어요.

비록 우리의 앞에는 역병이 만연해도 주님 앞에서는 아무것도 아닙니다.

그분 앞에는 어떤 환란이 와도 걱정 없어요.

주님 손 잡고 그 모든 어려움을 이길 수 있기 때문입니다.

그분은 생명의 근원이십니다.

참새 한 마리가 죽고 사는 것도 주님 허락이 있어야 해요.

세상 모든 것 하나님 허락 없이는 일어나지 않아요.

모든 것을 하나님께서 주장하셔요.

환란은 곧 지나갑니다.

온 우주의 모든 것 모두, 주님 안에 있어요.

사랑으로 만드신 세상, 주님께서 버리지 않으셔요.

어떤 방법을 쓰시더라도 구해내셔요.

오죽하면 우리를 구하시려고 예수님께서 인간의 몸을 입으시고 이 세상에 오셨을까요.

하나님께서 만드신 피조물을 지극히 사랑하신다는 표현이지요.

이렇게 오늘도 좋은 날 주셔서 너무 감사해요.

016 천국 집 보여주세요

오늘은 갑자기 천국에 있는 저의 영원한 집이 보고 싶다는 생각이 들었어요.

분명 구원받은 자의 집들이 천국에 예비 된 것을 머리로는 아는데 가슴 뜨겁게 실감이 나지 않고 그냥 이성적 논리적으로 천국 집을 알아요.

근데 그게 가슴에 흥분되게 다가오지 않을 때가 너무 많아요.

관념적으로 아무리 이론을 세우면 무슨 소용 있어요.

가슴에 꽉 와 닿는 것 없는걸요.

아마도 저처럼 확신이 없는 사람들이 물리적으로 어떤 기적을 원하는 것 같아요.

여하튼 저는 새로운 기도 제목 하나를 더 올려 드리기로 했어요.

어찌 보면 말씀을 믿는 확신이 없는 자들이 행하는 너무나 원시적인 종교 행위를 요구하는지도 모르지요.

저는 아주 정직하게 미래의 저의 영원한 집을 보여 달라고 기도하려고 하니까요.

사실 저의 심령을 확 뒤집어보니 믿음의 존재를 또렷이 끄집어내기가 많이 모호해서요.

그러니 이는 보이지 않는 믿음의 실체를 보이는 실체로 나타나 보았으면 하는 저의 바람일 뿐이지요.

그러므로 끝까지 보여주시지 않으셔도 제집이 있는 것은 믿어요.

성경 말씀이 그렇게 증언하시니까요.

017 행복한 자화상

아직은 삶이 불투명합니다.

이틀 전엔 성남 한 교회에서 사십 명이 감염되고 목사님 부부도 감염되었다고 합니다.

집안에 그대로 연금(?)상태로 갇혀 지냅니다.

사람들은 만나도 인사도 안 해요. 바이러스에 감염될까 봐요.

말이 사라진 사회, 인사가 실종된 분위기, 교류가 끊어진 혼자만의 세계.

그래요, 꼭 유령 도시 안에 갇힌 기분입니다.

보이지 않는 적과 조용한 대적을 하는 이상한 전투에 참여하고 있는 듯해요.

그것이 투명인간과 대질 같기도 하고 분명 내 나라인데 전혀 다른 세계, 즉 외계의 한 별에 이사 온 듯도 해요.

지금 우린 아주 이상한 세상에 살고 있어요.

위로 뚫린 하나의 창만 바라보았던 방주 안 노아의

답답함이 어땠을까요?

탈출구 없는 두꺼운 벽 속에 갇힌 무기력한 제 모습!

그래도 전 그런 제 모습에서 스톱 안 했어요.

'병든 자에게 의원이 필요하지 건강한 자가 의원을 찾겠는가' 라고 주님 말씀하셨어요.

인간의 역사는 왕이 바뀌고 제도가 바뀌면 조금은 나아지는 것 같다가도 원치 않는 천재지변도 일어나고요.

또한, 잘살아 보겠다고 기존질서를 송두리째 뒤집어 봐도 얼마의 시간이 흐르면 또 다른 형태의 갈등이 덮치곤 했지요.

예수님께서는 직접 그들의 괴로움을 해결해 주셨어요.

그래서인지 전 이런 삭막한 현실에서도 걱정을 안 해요.

주님 안에서 안락하게 쉬고 있기 때문이에요.

가장 안전한 주님 계신 곳에서요.

거긴 너무 부드럽고 최상의 향내가 물씬 풍기고 있어요.

018 감사조건 널려 있네요

찬양할 수 있어 감사합니다.

가족과 사랑을 나눌 수 있어 감사합니다.

맑은 공기, 푸른 강물 항상 넘실거리고 시원한 바람결 값 없이 스치게 하시니 감사합니다.

값없이 붉은 태양 불끈 솟아 각종 농산물 영양 주고 사시사철 공전 자전 질서 따라 다양한 계절 주셔서 감사합니다.

음식마다 색다른 맛을 주셔서 미각을 기쁘게 해 주셔서 감사합니다.

빨주노초파남보 신비한 무지갯빛 노아 홍수 뒤에 무지개 약속 주셔서 감사합니다.

몸 안에 면역력 주셔서 나쁜 바이러스 물리칠 수 있는 항균 주셔서 감사합니다.

오장육부 사지백체 신비한 육신 만드시어 모든 조화 이루게 해주셔서 감사합니다.

영원 생명 미래의 빛나는 영혼 몸속에 넣어주셔서

감사합니다.

그 영혼의 움직임으로 사랑의 아버지 하나님 알게 해주셔서 무한 감사합니다.

환란의 역병 만연해도 택한 백성 지켜주셔서 감사합니다.

어둡고 캄캄해도 오직 하나님 임재하에서 평안을 누리게 해주시니 감사합니다.

019 감사로 심장 떨려요

받은바 은혜 너무 넘쳐 심장이 떨려요.

은혜의 숨소리 살아있음 자체가 은혜에요.

무조건 주셨기 때문이어요.

그냥 받기만 했네요.

처음부터 끝까지요.

은혜로 이 땅에 왔고 은혜로 살아요.

결국은 왔던 곳으로 가요.

완벽한 그곳, 영원한 그곳, 사랑 넘치는 본향, 거기서 영원히 살아요.

그 소망 바라보니 영광뿐이에요.

여기 살아도 제 본향은 그곳입니다.

이곳은 잠시 지나가는 나그네예요.

언제나 그곳을 바라보기에 소망이 넘쳐요.

제 생명은 언제나 영원을 바라봐요.

그 증명은 언제나 성경에 있지요.

인간이 내놓는 모든 사상, 철학, 지식이 지적 만족

은 줄 수 있어도 영혼을 살찌우지는 못해요.

영혼의 책은 오직 성경뿐인걸요.

긴 세월을 통해 그런 완벽한 책을 하나님께선 인간에게 주셨어요.

설사 천지가 다 없어져도 성경 말씀은 일점일획도 없어지지 않아요.

하나님 사랑 거기 다 있어요.

오늘도 성경을 안고 감사기도 합니다.

020 하루하루 감사합니다

시간은 여전히 흐르고 있어요.

어떤 경우든지 시간은 자기 갈 길을 묵묵히 걷고 있어요.

그 안에서 우주의 초침이 정확히 세월을 안고 있어요.

도대체 세월의 얼굴은 어떻게 생겼는지요.

그 빛깔은 어떤 색일까요?

그 모습은 어떤 그림일까요?

색과 모습이 없는데 세월이란 시간은 쉴 줄을 모르니 어떻게 설명을 할 수 있는지요.

인간의 삶 빛깔 역시 형체 없이 지나가버려요.

인생 역정 숱한 사연 가득 찼는데 가슴 깊이 서린 말들 연기처럼 흔적을 찾지 못해요.

늙어 자신을 돌아보니 젊음은 자취를 감추었고 찾을 수 없는 추억 허공에 새겨 봐도 메아리조차 없는 빈 공간뿐이어요.

그래서 인생은 허무하다고들 해요.

그러나 주 안에 있는 인생은 절대 허무하지 않아요.

인간만큼 소중한 존재가 없는걸요.

어떤 인간도 우연히 세상에 던져지지 않았어요.

하나님 계획하신 질서 아래서 차곡차곡 진행되는 것을 인류의 역사라고 표현하지요.

그러므로 겉으로 보기에 허망한 것 같은 지구상의 현상들은 하나님을 모르는 사람들의 시선이 올바르지 못하기 때문이어요.

하나님에게서 오는 모든 것을 올바로 볼 수 있는 시야만 열린다면 인생만큼 소중한 존재는 없기 때문입니다.

우리는 아주 귀중한 하나님 자녀입니다.

소중하기 그지없는 이 땅의 삶을 감사하면서 살아갑니다.

하루하루가 얼마나 가치 있는 시간인데요.

그래서 오늘도 감사가 넘치는 순간들을 보내고 있어요.

021 하늘만큼 땅만큼 행복합니다

하루하루 지나는 것 그저 감사합니다.

하나님께서 생명을 주셨기 때문이어요.

하나님 보좌 앞에서 최고의 행복을 누리게 하시려고요.

그렇게 복을 안고 나온 우리들의 생명이기에 지금 숨 쉬고 있다는 게 얼마나 감격스러운 일인지요.

비록 에덴에서 쫓겨난 상태지만, 이곳까지 예수님 몸소 찾아오시어서 우리 고충 뼛속 깊이 아셔요.

사랑에 목말라 허덕이는 인간들 가엽게 여기시고 부어주시는 주님의 끝없는 사랑이여!

외동아들을 잃고 통곡하는 과수댁의 피 섞인 눈물 방울 방울에 주님 눈물 섞으시어 말끔히 씻겨 주셨네요.

청년아 일어나라!

사랑 온도 펄펄 끓어 넘쳐서요.

죽음을 호령하셨어요.

우주를 송두리째 뒤덮은 사랑의 포효로 휘영청 황금 생명의 빛이 청년을 살리셨어요.

저희도 끝내는 이렇게 부활한다고요.

주님 안엔 불가능이 없어요.

어제나 오늘이나 동일하신 주님!

아아, 그 안에 오늘도 하늘만큼 땅만큼 행복하답니다.

022 우리의 허무함은 달라요

전도서는 인간의 온갖 행위가 주님과 상관없으면 아무것도 아니라고 하셨어요.

솔로몬은 세상에서 최고의 부귀영화를 누리고 산 사람이었어요.

그전에도 그 이후에도 그렇게 세상 모든 것을 누린 사람은 없다고 하셨어요.

그런데 그가 만년에 헛되고 헛되다고 외쳤어요.

세상 모든 즐거움이 하나님 빼고 보니 아무 가치도 없음을 뼈저리게 절감했어요.

그러나 그 허무함은 세상 사람들이 말하는 그런 허무감이 아니어요.

이방인들은 영혼의 시작과 종착지를 알 수 없어 미로를 헤맬 수밖에 없어 허덕이는 절체절명의 허무감이에요.

그러나 전도서의 말씀은 차원이 다르지요.

그 말씀의 주제는 인생이 허무하다는 것이 아니에

요.

인간의 본분인 하나님을 경배하고 그분을 섬기는 것을 말씀하신 것이지요.

즉 인간이 존재하는 근본 이유를 정확히 말씀하시는 것이에요.

인간이 하나님을 섬기지 않는다면 인간의 모든 제반사가 헛것임을 말씀하시는 것이지요.

그러므로 이방 종교나 불신자들이 인생이 허무하다는 소리는 그 자체가 인생의 절망에 해답이 없어 울부짖는 포효입니다.

그러나 우리는 하나님 안에서 영원한 소망을 바라보며 오늘도 행복합니다.

023 온 누리에 주님 밝은 빛

세상이 어두워져도 걱정 안 해요.

주님 계시기 때문이어요.

세찬 바람 온 세상 덮어도 염려 없어요.

주님 계시기 때문이어요.

흉한 소문 접해도 끄떡없어요.

제가 사는 것 아네요. 주님 함께 사셔요.

'볼지어다. 내가 세상 끝날까지 너희와 함께한다' 라고 하셨어요.

주님 말씀 틀림없어요.

세상은 요동해도 그분 계셔서 든든해요.

인간이란 오직 주님 의지하며 그렇게 살게 정해진 걸요.

얼마나 안전한데요.

어디서나 주님 함께 하셔요.

저희의 머리카락 하나까지 모두 헤아리고 계신다 고요.

주님 손안에 모든 게 있으니 흉흉한 바람 불어도 걱정 없어요.

주님 막아주시는걸요.

태풍 몰려와도 걱정 안 해요. 거기 주님 계셔요.

주님 모신 그곳이 곧 천국이에요.

지금 여기 모든 게 흉흉해도 우리는 요동치 않아요.

온 누리에 주님 밝은 빛 비추며 우릴 보호하시기 때문이지요.

024 하나님이 주신 양심의 저울

제물포 고등학교에서 시험관 없는 시험을 쳤어요.
모두 많이 우려했지요.
그러나 교장 선생님은 확신하셨어요.
양심에 손을 얹은 학생들을 믿어주는 스승님 앞에 양심의 빛은 그대로 빛났어요.
수십 명의 낙제생 나왔어요.
스승님은 그들의 양심에 상을 내렸어요.
1년간 장학금 주었어요.
다음 학기 그 낙제생들이 우등생이 되었어요.
양심을 심어주신 창조주 하나님!
양심이, 신뢰가 움직일 때 빛을 발해요.
아프리카에서는 이렇게 말한답니다.
'뾰족한 삼각형은 아이의 양심, 어른 양심은 둥글어요.'
있는 그대로 양심을 지닌 아이들은 양심에 어긋날 때 뾰족하게 괴로워한다는군요.

어른이 될수록, 양심 아우성 적어져서 불의에 적응돼요.

어른 되면 양심이 마침내 둥글게 되어 불의를 행해도 양심의 괴로움을 안 느낀다고 해요.

둔해진 양심에 무디어진 표준저울은 무게를 실어도 숫자는 눈금 그대로 있다더군요.

어른은 죄의 무게를 점점 가볍게 느낀다는군요.

한 번 자신의 양심을 말씀의 잣대에 대어보세요.

말씀 안에서 우리 모두 회개의 눈물을 흘리면서 주님 안에서 평안함이 깃들기를 기도합니다.

묵상 2

넘치는 축복

025 아무 걱정 없어요

지금 코로나로 세상이 많이 시끄럽고 염려로 사람들은 걱정이 많아요.

보이지 않는 바이러스와의 싸움, 정말 걱정스러워요.

그런데요, 전 아무 걱정 안 해요.

이제 것도 주님 은혜로 살아온걸요.

세상은 편한 날도 있고 어려울 때도 있어요.

그건 당연해요. 여긴 우리가 영원히 살 곳이 아니니깐요.

잠시 지나가는 나그넷길 맞아요.

그러하니 불완전한 여기에서 완전한 안식을 기대할 수는 없지요.

그래도 순간순간 우리의 어려움을 주님께서는 주님 방법으로 해결해 주셨지요.

생각하면 이 어두운 세상에서 주님 아니면 어떻게 이제껏 살았겠어요.

어려움 속에서도 하나님은 우리를 눈동자처럼 보호하셔요.

그 영원세계 갈 때까지 아주 안전하게 인도하셔요.

지나간 세월을 돌아보면 아슬아슬하게 어려운 고비 많았어요.

그때 사람을 통해서 혹은 환경의 급박함을 완화해 주셔서 그 힘든 시간을 뛰어넘게 하셨어요.

지나고 보니 모두 은혜! 그 위기의 순간순간마다 잘 넘게 하셨던 은혜의 순간순간들이 얼마나 많이 있었는지요!

살아온 시간이 은혜이고요. 지금도 그 은혜 가운데 살고 있어요.

더구나 지금은 코로나라는 보이지 않는 바이러스와 사투를 벌이고 있어요.

그래도 아무 걱정 없어요. 주님 보호하심이 우주를 덮는데요.

주님 은혜 안에서 그보다 더한 어려움도 우리는 이길 수 있어요.

아아! 그래서 우린 항상 행복해요.

026 축복의 하늘소리

그 사랑 때문에 살아요. 그 사랑 안에 영생 있어요. 거기 천국 보여요.

영원한 고향 그곳 그리운 곳, 여기서 그리워하며 갈망해요.

그곳, 주님 계신 곳, 이 지구에서 거기에 가요.

그래서 이곳 생활을 소중히 생각해요.

근데 이제 끝이 보여요. 곧 이사 갈 것 같아요.

에녹이 300년을 하나님과 동행하다가 하나님께서 데려가시니 이 땅에 보이지 아니했다고 하셨어요.

죽음을 맛보지 않고 그대로 하나님 나라로 옮겨진 에녹!

우리도 그렇게 옮겨져요.

휴거! 바로 그 축복의 날이 눈앞에 다가오고 있어요.

그날을 미리 보여주셨어요.

에녹과 엘리야! 인간의 죗값으로 온 죽음, 그러나

그것까지도 면하게 하시는 하나님 은총!!! 그리고 대거 집단으로 올리시는 휴거의 하나님 은혜, 속죄의 복은 마침내 그렇게 철저히 죽음을 뚫고 영생의 찬란한 길이 지금 보이고 있어요.

'큰 풍파 일어나는 것, 세상 줄 끊음일세. 주께서 오라 하시면 내 고향 찾아가리…….'

이 찬송가 가사가 또렷이 떠올라요.

지금 세상은 마무리 작업에 눈코 뜰 시간 없이 바쁘게 돌아가고 있어요.

큰 풍파가 지구를 덮고 있어요.

사람들은 못 살겠다고 아우성을 치고 몸부림치며 울부짖어요.

이 코로나 언제 없어지냐고요.

글쎄요, 온 지구가 몸살로 소리 지르는 재난, 창세 이후로 처음이지요.

노아 홍수는 물로 삽시간에 죽음의 공포 속에 침몰하였지만, 오늘의 이 재앙은 영원한 고향집에 이사가기 위한 준비 기간인걸요.

어떻게 지구상 모든 나라가 이렇게 똑같은 고통을 당해요?

이것은 온 땅에 임하시는 하나님의 심판날을 예고

하시는 사인인 것으로 생각되어요.

우리는 그 심판의 날에 훨훨 날아 공중에 올라가요.

거기서 주님과 7년 혼인잔치 화려하게 치르고 다시 여기 내려와 1000년을 왕 노릇 하다가 영원한 나라에서 세세토록 살 것을요.

아아! 새날이 올 때마다 새로운 시간을 기대에 찬 마음으로 바라보아요.

아무 염려 안 해요.

잠시간 또 온라인 예배를 드려도 믿음엔 끝이 없어요.

주님 어디나 계시기 때문이어요.

027 위기의 순간에

꽝꽝 넘어지는 소리.

힘없이 주저앉는 흙집의 인간들.

기운차게 흐르는 동맥 정맥 젊음의 호기 부리며 자기 것이라 소리소리 지르던 한평생.

어느덧 가을 낙엽 낙화 되어 흩날리네.

푸르던 생명, 육신의 자랑이 흙덩이의 일부분인 것을 거기 그분 숨소리 영혼의 자리 있어서 천군 천사 보내셨어요.

넘어졌으나 구해주신 그 넓은 은총이여!

영생을 바라며 감사 또 감사.

028 주님 계획

축복 안에서 주님 계획 이루어져요.
거기 영원한 섭리 있어요.
채워주시는 만나 메추라기 풍성한 기쁨 넘쳐요.
거기 영원한 소망 넘쳐요.
사랑 가득한 주님 음성 들리네요.
사랑한다.
축복한다.
순종의 자리 떠나지 마라
아담의 실수 거듭하지 마라
나무 아래 숨지 마라.
두려움은 불신이란다.
불순종이 천국 길 막는단다.
양들은 귀가 밝아요.
눈은 어두워도 거기서 영생 길 찾아요.
오늘 그 환한 길 열리네요.
한없이 그 부드러운 아버지 품 거기 안겨요.

그 팔에 안겨 모든 염려 다 맡기지요.
십자가 그 앞에 감사의 찬양 드려요.
오늘도 그 환희에 듬뿍 취합니다.

029 놀라운 계절의 변화

창조 시 만드신 시간이 축복의 분분 초초로 다가오네요.

추운 날씨에도 시간의 초침은 변하지 않아요.

묵묵히 자기의 할 일들을 수행해요.

날들을 헤아리게 하시고 연연 초조 정확히 이 땅의 날수를 셀 수 있게 해요.

하나님 정하신 그 시간을 조용히 지켜봐요.

사계절의 정하심을 따라 움직여요.

어떤 지역은 여름이 계속, 다른 지역은 겨울만 계속되지요.

그래도 인간들 모두가 불평하지 않고 그대로 지키고 있어요.

사계절의 뚜렷함이 상쾌한 바람 소리를 함께 몰고 오는 내 나라.

계절 소리는 참으로 특별한 은총이라고 저는 진심으로 칭송해요.

극한의 추위도 겁내지 않아요.

다시 따사로운 봄 아지랑이가 고슬고슬 대지를 적실 때가 오니까요.

따스한 방한복이 전신을 보드랍게 감싸는 건 겨울날의 평안이네요.

이런 모든 것이 계절 따라 옷을 주시고 흙몸 고이 싸게 하시는 그분의 사랑입니다.

030 행복한 주일

은혜의 설렘이 쉴 새 없이 흐르는 주일 새벽입니다.

은혜 아니면 살아갈 수 없다는 복음성가 가사가 음률이 되어 잔잔히 흐르는 주일 새벽녘이에요.

주님 부활을 상징하는 7일에 한 번씩 오는 주일은 우리게 복을 주시는 하나님 사랑의 따뜻한 숨결이 차고 넘쳐 은혜의 단비가 유유히 흐르고 있어요.

이날을 대할 때마다 심장의 고동은 환희의 음성을 발하며 주님 은혜를 찬양하지요.

이날 춤추며 노래하고 그분 은총 받은 자들이 주님을 소리 높여 찬양해요…….

'너 인생은 무엇이냐 잠깐 왔다 가는 안개니라. 모든 육체는 풀과 같고 그 영광은 풀의 꽃과 같으니 풀은 마르고 떨어지나 하나님 말씀은 영원하다.'

인간의 육체는 하나님께서 주신 그 영을 거두시면 무생물에 불과한 흙덩이에 지나지 않습니다.

우리가 아직 숨을 쉬고 있을 때 구원의 거룩한 시간이 남아있다는 계시를 받아들여야 해요.

031 축복의 길

축복을 주시기 위해 인간을 창조하신 하나님 아버지!

그 크신 섭리와 사랑의 계획을 우리가 어찌 상상이나 할 수 있겠어요.

태초의 어느 날 하나님께서는 그의 생각을 실현하셨어요.

빛이 있으라 하시니 빛이 있었어요.

존재의 원인은 오직 하나님 한 분뿐이셔요.

그분은 자신이 가지고 계신 사랑의 본질을 유감없이 발휘하셔서 창조 사역을 멋있게 이루셨어요.

그리고 하루하루 창조의 사역을 하시면서 좋았더라를 외치셨어요.

그중 뛰어난 피조물 인간은 불순종의 길을 감으로 멸망의 길로 치닫고 있었어요.

자유라는 인간 의지의 시험대를 스스로 통과하라는 숙제가 있었지요.

인간 스스로의 의지로 하나님 명령에 절대 순종해야 하는 과제를 주신 것이에요.

인간은 순종이라는 과제 앞에 낙제점을 받고 말았어요.

사단의 시험을 넉넉히 이길 수 있는 능력이 인간에게는 있었어요.

그럼에도 불구하고 헛된 호기심을 벗어나지 못한 인간은 꽃길이 예비 된 순종의 길을 팽개쳐버렸어요.

살아있는 동안 회개라는 기회가 주어졌어요.

회개의 기회란 하나님의 독생자를 믿는 것이었고요.

그 방법은 인간 스스로의 의지만이 아닌 성령의 절대적 도우심으로 가능케 하셨어요.

결국, 삼위일체 하나님께서 인간구원의 대업을 완성하신 것이에요.

인간은 그분의 걸작품일 뿐만 아니라 하나님과 영원히 동행하는 특권을 받은 복된 존재들입니다.

이러니 이 은혜를 어찌 다 갚을 수 있을까요.

032 나라와 백성 돌보시는 주님

겨울비 청량해 공기 청청한 계절의 기쁨 넘치네.

전염병으로 전국이 소란해도 주님 사랑 여전해 천군 천사 변함없이 우릴 지켜 천이백만 성도의 기도 보좌에 사무치네.

합심 기도의 우렛소리 천상을 뚫어 그 보좌 꽃길 음성 생생히 들려요.

내가 너희 기도 들었노라고요.

옛날 이스라엘 사백 년 한 맺힌 간구가 우주를 넘어 삼층천 주님 앞에 알알이 쌓여서 팔십 모세의 잠을 깨워 호렙산 거룩한 불가마 여셨지요.

성령님 뜨거운 입김 홍해를 가르고 광야 너른 들판 예배의 물결, 만나와 메추라기 산 같이 쌓여 매일 새벽 미명에 축복의 양식 거둠, 하루도 빠짐없이 그 백성 살리셨지요.

기도의 모임이여, 시대의 한 선지자 세우사 이스라엘 백성같이 은혜 축복 은총 가득 하늘보좌 활짝 열립니다.

전염병 코로나도 뿌리째 뽑아 주세요.

나라 돌보시고 백성 돌보시는 주님!

감사합니다.

033 복 받은 동생

하나님 은혜가 야훼 삼마, 하나님 바로 거기 동생 있는 자리에 계셔요.

이스라엘 백성이 절망에 있을 때 바로 거기 하나님 계심을 보고 야훼 삼마라고 외쳤어요.

하나님은 하늘에만 계신 것이 아니라 우리가 있는 곳에도 항상 계셔요.

우리를 만드시고 복 주시기를 원하시는 그분께서 어떤 이유를 붙여서라도 우리에게 좋은 것을 주시기를 간절히 원하셔요.

기막힌 이런 은혜 넘치게 받는 우리가 미처 깨닫지 못하는 시간에도 주님은 언제나 거기 계셨어요.

'밤마다 문 열어 놓고 마음 졸이며 나간 자식 돌아오기만 밤새 기다리신다오'

찬송가 가사가 생각나요.

지금 이 한가롭고 쾌적한 시간 주님 주신 기쁨 넘쳐요.

그분의 복을 받은 사람만이 느낄 수 있는 평강이 절절히 넘쳐요.

복 받은 내 동생아!

이 밤도 행복해라.

주님 안에서 사랑받는 언니가 복 받은 동생께 바치는 기도란다.

034 세밀하게 보살피셔요

피조물 인간은 자신을 잘 몰라요.

주님께서는 우리의 머리털 하나하나까지 다 헤아리신다고 했어요.

우리는 자기를 다 안다고 생각하지만 어림없어요.

자신의 머리카락의 수효를 아는 사람 아무도 없어요.

그러나 주님은 아신다고 했어요.

우리의 모든 것이 자신 것으로 생각하지만 아니에요.

우리는 지음 받은 존재라 자신의 것 하나도 없어요.

모두 부여받은 것들이에요.

하나님께서 만드셨고 인도하시고 그 끝을 또한 함께하셔요.

자기 존재의 원인자가 자신이 아닌 하나님이란 사실을 새카맣게 망각해 버리고 피조물인 존재인 자신을 무한한 능력을 갖춘 존재로 착각하여 책임질 수도 없는 인생의 무거운 짐을 스스로 지고 허덕이고 있어요.

그분께 맡기기만 하면 될 것을 미련스럽게도 자신의 가녀린 어깨에 짊어지고 낑낑거리며 숨찬 인생길을 스스로 만들고 있어요.

성경은 인생으로 하여금 고생하는 것이 하나님 뜻이 아니라고 분명히 명시 하셨어요.

인간들이 모든 짐을 하나님께 맡기지 못하고 스스로 고난의 웅덩이에 빠져 허우적거려요.

인간은 절대 순종이라는 그 명령만 지키면 되는 것이에요.

겸손히 그 앞에 엎드려 그 명령에 귀를 기울이며 그대로 따르기만 하면 비단결 같은 꽃길이 예비되어 있어요.

시련과 역경은 그 길에 적응키 위한 훈련 기간일 뿐이에요.

그러므로 주님의 본뜻을 바로 안다면 무슨 염려가 있겠어요.

세밀히 보살피시는 하나님 안에서 기쁨의 춤이 저절로 나오는걸요.

오늘도 세밀하게 보살펴주시는 그분 앞에 겸손히 엎드려 그분이 주시는 한량없는 은총의 호수에 푹 잠기는 하루 보내세요.

035 그리워 눈물 흘려요

동생 앉았던 그 자리 보니 그리워 그리워!

꼭 이 자리 오면 동생 함께 해요.

인간은 육체뿐 아니라 영적 존재임이 분명합니다.

지난 주일과 똑같은 그리움!

분명 동생 영이 아르헨티나 고개를 넘어 여기까지 와있음 분명하게 느껴요.

이런 체험이란 동생 영이 여기 있음이 확실하다는 느낌이어요.

지금 난 혼자가 아닌 동생 영과 함께 있어요.

이건 단순한 인간적 그리움만이 아니에요.

그대 영 함께 있는 뿌듯함이 인간적 그리움으로 승화되네요.

그리운 동생아!

난 지금 인간에겐 육뿐 아니라 거룩한 영이 있음을 분명 느낀단다.

하나님 딸인 동생에 대한 그리움에서 하나님 주신

영을 체험했어요.

지금 동생과 난 영으로 하나 돼 행복해요.

036 축복의 시간을 실은 나룻배

시간 주신 창조 사역 거기 행복 가득해요.

천국 가는 귀한 길목인 이 땅 거쳐감 무한 축복일세.

밝은 새날은 축복의 시간을 약속합니다.

축복의 빛들을 안고 새날의 환희가 넘치고 넘쳐요.

새날은 주님의 또 다른 축복의 시간이지요.

그 시간이 연연히 흘러 또 다른 이 땅의 역사에 연맥들을 이어가고 있어요.

인간들은 끊임없이 주께서 주신 이성을 동원하여 때마다 소위 사상이라는 물체들을 쏟아놓곤 하지요.

그런데 그 이론들이 인간을 항상 만족하게 할 것이라는 기대는 아무도 하지 않아요.

갈증이 아주 잠시 사라졌다가 연이어 타는 목마름이 여름날 사막을 헤매듯 어지러워요.

채워지지 않는 갈증이 또 다른 문화의 영역들을 메꾸며 텅 빈 공간을 마구 헤집고 다녀요.

어디에도 답은 없어요.

성경 한 권은 변함없이 인간의 험한 행로를 묵묵히 지켜보고 있네요.

갈대 같은 인간의 머리 굴림이 또 다른 장르들을 소리치며 엮어낼 때도 성경은 꿈쩍 않고 시간의 나룻배인 축복의 시간을 그 자리에서 멈춰주네요.

037 제 한계를 절감해요

주님께 감사 표현할 적에 주님이 인간에게 주신 언어 한계를 항상 느껴요.

마음 벅차도 표현 다 불가능해요.

감사가 가슴 벅차게 타올라도 그 표현 벽에 부딪히네요.

말을 바꿔보고 표현을 다시 뒤집어도 넘치는 마음 반도 못 나타내어 미흡한 언어 붙잡고 낑낑거려요.

적절한 말 생각 안 나 머리 굴리며 아무리 뒤집어도 엉금엉금 기어 나오는 허술한 문자들 집어 들고 머리를 흔듭니다.

남들은 잘도 표현하는데 저는 그게 안 돼요.

글은 아무나 쓰나요. 전 글 쓸 자격 없는 것 같아요.

표현 미흡하고 언어 적절 표현 너무 부족해요.

그런데도 가슴 끓어 오르는 심성 타오르는 불꽃을 그대로 두면 온몸 타들어 가 새까맣게 재가 될 것 같아 소리소리 지르는 마음발동 거칠게 펜을 휘둘러요.

차분히 배우고 문장정렬 질서 따라 앞뒤 언어 고르고 고르면 되련만 짧은 문장력 어려워요.

그래도 계속 글을 쓰고 싶어요.

038 광풍아 불어라

살랑살랑 봄바람 코끝 헤집고 들어올 때 어스름한 그 옛 고향 사무치게 그리워요.

휘몰아치는 광풍이 나뭇가지 잽싸게 흔들고 푸른 잎 낙엽처럼 떨어뜨릴 때 정신 잃은 가지에 매달려 흔들어대던 잎들이 늦가을 잎인 양 떨어지게 하는 바람이여!

인생 막바지 들이닥친 국적 불명 무질서야!

주름진 인생 역정 거울 보고 놀라는데 이 바람 소리 근본을 찾아 헤매봅니다.

이유도 원인도 없어요.

갑자기 닥친 태산 언덕에 엎어져 있네요.

근데 무슨 걱정입니까?

언젠 이런 바람 없었나요.

보호하시는 크신 손길이 바로 앞에서 미소 지으시네요.

그분 이미 제 맘 깊숙이 안착하셨기 때문인 걸요.

거기서 넘치는 환희의 춤, 흔들거리는 나뭇가지를 부드럽게 안으시네요.

그 거친 바람 혼내며 소리쳐요. 감히 어디에 더러운 얼굴 내미냐고요.

인생에 광풍이 불어 닥쳐도 괜찮아요.

039 고장난 기계 같은 인간의 생각

2차 세계대전 끝나고 무섭게 강타했던 철학은 하나님의 존재를 부인하는 것이었지요.

그중 하나가 실존주의 철학이었지요.

그 사상을 신봉하던 어떤 작가는 그의 단편소설 제목을 「이곳에 던져진다」라고 명명했어요.

그냥 의미 없이 고통의 땅인 이 지구에 던져진 존재가 인간이라는 지론이지요.

그러니 희망도 꿈도 고갈된 황무지 같은 이 절망의 땅에 그렇게 던져진 인간은 무거운 짐에 짓눌리는 가련한 존재일 뿐이라는 사상을 펼쳤지요.

그때 인간들은 그 작품들을 읽고 공감대를 형성하여 옳다 옳다 하며 큰소리로 환호했어요.

현실을 꿰뚫은 그 작가를 향해 찬사를 보냈어요.

그리고 자기들이 특별히 현실 세계를 관찰한 지성인이라는 자부심을 가졌지요.

인간 이성의 한계로 자기들의 처지를 정확히 표현

했어요.

그들이야말로 기계가 고장난 것을 정확히 찾아냈어요.

그래서 그 기계가 당연히 제구실 못 하는 것을 알아냈지요.

그것을 기계는 꼼짝도 안 해요.

기계는 말하지요. 그래, 나 고장났다. 그러니 고쳐내라고요.

고칠 능력 없는 사람들은 거기 답 못하고 고장난 기계를 고장났다고 계속 말할 뿐이지요.

하나님을 떠난 인간들이 온갖 사상과 철학과 이론들을 근사하게 내뱉지만, 절망의 현실을 고칠 능력이 없어요.

바로 그게 세상에 난무하는 온갖 사상들이지요.

결국, 그들이 잊었던 주님을 다시 찾을 때 답을 얻을 수밖에 없었지요.

하나님은 인간들에게 그렇게 자기들 맘대로 사상체계를 만들라고 하시지 않았어요.

오직 하나님만을 섬기라는 사명 받고 이 세상에 왔어요.

040 주님이 원하는 길

주님!

맘속에 넘치는 환희의 출처를 주님 아시지요.

피조물 섭리 가운데 살기 때문입니다.

그 누가 일 초라도 태양과 지구의 자전 공전을 멈추게 할 수 있을까요?

성경은 하루 동안 태양이 머물렀다고 기록돼 있어요.

아얄론 골짜기에 머물러버린 그 불타는 태양!

창조주 하나님께서는 어떤 경우에는 우주의 질서를 잠시 바꾸실 수도 있어요.

인간이 도대체 무얼 가지고 자랑하겠어요.

인간은 어디까지나 처음도 겸손, 나중도 겸손, 그렇게 그분 앞에서 살아야 하지요.

그럼에도 불구하고 인간은 자신의 정체성도 모르고 마구 교만으로 빠르게 달려요.

그러니 무엇이 제대로 되겠어요. 엇박자뿐이지요.

인간이 따라야 할 길이란 오직 주님 지시하신 길뿐이어요.

거기에 모든 것이 있어요. 거기에 인간이 살아야 길이 보여요.

그렇게 쉬운 길을 외면하면 그들이 가는 길은 실패의 길일 뿐이에요.

모두 오직 주님 뜻하시는 길만 걸어 승리합시다.

041 다시 뜨는 태양

태양은 또 다시 뜹니다.

어떤 경우든지 지구의 자전과 공전의 돌고 돎은 주께서 창조하신 창조질서입니다.

세상이 아무리 어지럽고 혼돈에 들끓어도 시간은 어김없이 흐르고 지구는 자전의 일을 묵묵히 수행하여 매일 뜨는 태양과 밤하늘을 밝히는 달빛은 여전합니다.

어느 누가 감히 하늘에 뜬 해와 달과 별들을 만져 그 위치를 바꿀 수 있겠어요.

인간들이 참으로 자신들이 대단하다고들 자부심을 품고 있지만 그들이 가진 것이라고는 고작 숨 쉬는 것, 그것도 그분이 허락하셔야만 가능하지요.

주신 모든 몸의 기관들도 주님 허락하셔야만 제대로 그 기능을 발휘해요.

어느 한 곳 아주 조그마한 곳이라도 고장나면 몸 전체가 영향을 받아요.

꼭 맞게 내부의 모든 기관을 만드시어 조화를 이루게 하신 그 세밀하신 창조의 손길!

만일 죄와 타협을 하지 않았더라면 우리들의 영혼육은 만드신 그대로 건강을 유지했을 것입니다.

만드신 피조물 가운데 오직 하나님과 교통할 수 있는 유일한 존재요, 그분이 최고의 사랑을 쏟아부으셨던 인간이 바로 우리입니다.

그러나 인간은 하나님을 배반했어요.

그럼에도 불구하고 그 죄를 용서하셨어요.

그리고 인간에게 주셨던 최상의 행복이 회복되었어요.

오늘도 태양은 언제나 새로운 빛을 발하며 창조주 하나님을 찬양하며 찬란하게 그 자리를 지키고 있어요.

우리는 그저 그분을 향해 찬양하며 감사할 뿐입니다.

042 인터넷으로 예배드려 감사

피아노 반주자 짙은 마스크 썼어요.

대표로 마스크 벗고 성가대 가운 입고 한 자매 찬송해요.

눈물 나고 가슴 아파요. 교회 문이 굳게 닫혔어요.

교회당 주위를 걸으면서 기도하는 성도들이 있어요.

평소에 가끔 교회예배를 빠진 적도 있었는데 그때는 몰랐지요.

온라인 예배를 드리고 있어요.

온라인 예배는 한시적입니다.

썰렁하고 텅 빈 성가대…….

눈물 나지만 외롭게 서 있는 강대상 위에 목사님을 보면 가슴 아프지만 그래도 그렇게라도 전파를 통해 예배드림을 감사해야지요.

이때를 위해 온라인 방송망을 그렇게나 발전시키셨네요.

043 생명도 주의 것

어느 것 하나 주님 것이 아닌 것 없어요.

모두 주의 것입니다.

우리는 모두 주님 청지기입니다.

그 능력대로 관리하라고 주셨기에 우리 자신의 것 하나도 없어요.

모두 주님 것입니다.

누구라도 죽으면 평생 땀 흘려 애쓰고 수고하여 모은 소유물을 한 올도 가져갈 수 없다는 거 알고 있지요.

그가 일구었던 명예도 권세도 다 놓고 그냥 떠나요.

그 경계선은 육신의 숨소리 끝일 때 그 육신 어김없이 흙으로 돌아가는 것으로요.

영혼을 간직한 육체는 가치 있는 생명체의 삶을 누리게 되었지요.

인간의 생존이란 그저 본능에만 사로잡히는 그런

존재가 아니지요.

영혼을 주신 하나님 형상을 닮은 존재로 창조하신 것이지요.

그건 인간 스스로가 만든 것이 아니라 어디까지나 하나님 주권으로 형성된 것이지요.

그러므로 이 지상에서의 삶은 어디까지나 하나님으로부터 받은 위임된 권세이지요.

그러니 이 땅 떠날 때 모두 놓고 가는 것이지요.

이 땅 위에서의 모든 것 주의 것입니다.

044 행복한 주말

지금 살아있어요. 이것만 해도 그저 감사!
받은바 은혜 어찌 말로 글로 다 표현하리오.
그냥 여기 이렇게 앉아있음도 주님 은혜입니다.
살아 숨 쉬는 것도 주님 은혜입니다.
어느 것 하나 주님 은혜 아닌 것 없어요.
어떻게 해야 이 은혜를 갚을 수 있을까요?
'한량없는 은혜 갚을 길 없는 은혜
내 삶을 에워싸는 하나님의 은혜
나 주저함 없이 그 땅을 밟음도
나를 붙드시는 하나님의 은혜.'
영감 넘쳐 이런 복음성가도 지어졌네요.
아아, 진정 갚을 길 없어요.
갚을 길은 없어도 감사에 벅차는 마음 가눌 길 없어요.
어째서 무엇 때문에 왜 이렇게나 사랑하시는지요.
코로나 역병도 염려 안 해요.

오늘까지도 이렇게 인도하신 그 은총이 넘쳐요.

우리를 너무 사랑하셔서 스바냐 3장 17절처럼 하나님께선 우리를 향하여 기쁨을 이기지 못하셔요.

거룩한 주일을 앞두고 저는 이 주말 너무 행복해서 감사만 연발하고 있어요.

045 이 세상은 어릿광대 놀이터

죽으란 법 없어요. 하나님 지켜주셔요.

어떤 정치적 이유가 있든지 말든지 그건 중요치 않아요.

어떤 것도 하나님 허락 없으시면 일어나지 않아요.

제가 보기엔 이 세상만사가 마치 어릿광대들 놀이 같다는 생각이 들어요.

세상은 큰 무대고 인간들은 각자 맡은 역할의 배우들 같다는 생각이지요.

그렇게 기를 쓰고 애써 이룩한 모든 것들 끝까지 누리고 사는 사람도 있지만 어떤 이들은 애쓰고 힘써 이룬 다음 누리지 못하고 이 세상 떠나는 경우도 많이 있어요.

착한 사람이 복을 받는 것 당연하지요.

정반대로 그런 사람들이 평생 고생만 하다가 고생한 채로 이승을 등지는 사람들도 많이 있어요.

그런데도 사람들은 그래도 착하게 살아야 한다고

계속 외치고 있어요.

자기도 그 길을 가지 못하면서도 그 길이 옳은 길인 것은 다 알아요.

그렇게 불확실한 내일을 불안하게 바라보면서도 그 길이 옳다는 것은 너무 잘 알아요.

인간에게 남은 작은 양심에 하나님 형상이 있어, 비뚤어진 삶을 살면 양심의 소리가 그를 주눅 들게 해요.

그것의 척도는 성경 말씀이에요.

당분간 좀 손해가 되어도 그 말씀대로

똑바른 길을 가려고 힘쓰고 애쓰는 것이지요.

그 길을 따라가면 마침내 영원한 본향집에 도달해요.

이 땅 잠시 지나가는 나그네 길이에요.

잠시 후면 우리의 근원인 거기에 가요.

그러니 우리는 그저 감사 또 감사 아멘, 아멘!

그것뿐이에요.

046 흐르는 시간의 축복

달과 날이 계속되어도 거기 남는 것은 주님 은혜뿐입니다.

그날이 그날 같고 그 시각이 그 시각 같아도 그때마다 모두 하나님 계획하신 순간순간들입니다.

그러므로 오고 가는 시간은 모두 의미 있는 순간들이지요.

모두 하나님 정하신 일들이고 이는 모두 선하고 복된 일들입니다.

시간이 흘러가는 것 자체가 축복의 신호탄이어요.

그 시간 안에 온갖 좋은 것을 준비하시고, 이들에게 주시기를 기뻐하셔요.

어째서 하나님께서는 인간을 만드시면서 좋은 것 주시려고 시간을 만드셨는지요.

새로운 하루하루가 올 때마다 거긴 주님 은혜가 풍만하게 기다려요.

그러므로 산다는 것은 그 자체가 축복이지요.

살아있다는 것이 얼마나 행복인지요.

우린 날마다 새날을 맞아 감사의 마음을 금할 길이 없어요.

047 공평하신 하나님

'감사로 제사를 드리는 자가 나를 영화롭게 하나니……'

시편에선 말씀하셔요.

우리는 어떤 상황에서든지 오직 감사뿐입니다.

모든 것은 주님 주관하시고 끝까지 우리를 사랑하셔요.

그 진행 도중엔 주님 뜻 알 수 없어 고민할 때도 있어요.

시편 73편에 대표적으로 인간의 갈등이 잘 표현되어 있어요.

끝에 가서는 하나님 뜻 알게 되었다고 고백했어요.

여기서 악인의 형통에 대하여 시편 기자는 이해할 수 없는 고민을 털어놓고 있어요.

왜 악인들이 죽을 때까지 편히 죽는가.

이건 기가 막힌 불공평이라고 고백했어요.

그것을 기록한 시편 기자는 공평하신 하나님 섭리

앞에 눈물로 호소합니다.

그 뜻을 도무지 모르겠다고요.

하지만 악인의 종말을 영적으로 체험한 후에 하나님을 더욱더 찬양했어요.

성경 어디를 봐도 하나님은 사랑과 공의를 공평하게 행하셔요.

오직 그분만이 완벽하셔요.

그런 하나님이 계셔서 공의와 사랑을 펼치시니 우리는 감사할 뿐입니다.

048 그날이 가까웠어요

기다리면서 꿈에서도 그리던 그날이 점점 가까이 오고 있어요.

그 마지막이 바로 앞에 왔어요.

말세란 숱하게 들어 본 익숙한 용어입니다.

너무 많이 들어서 이제는 이렇게 오랫동안 주님 재림의 사건을 클로즈업시키기만 하고 아직 이루어지지 않았어요.

사람들의 심령에 회의를 심어준 것 역시 사단의 고도 전략이라 생각됩니다.

"예수님 때부터 말세라 하지 아니하였느냐.

그런데 2천 년 지나는 데도 아직 이루어지지 아니했다.

성경에서 말세의 징조라고 말한 처처에 기근과 지진 역병 전쟁 등은 예전에도 있었던 일들이다.

새삼 그런 일들을 들어 마지막 때라고 하지 마라."

이렇게 말하는 사람들 많아요. 그래서 잠시 헷갈리

기도 해요.

그런데 성경은 그때가 노아의 때와 같다고 하셨어요.

하나님께서 방주 문을 닫으실 때까지, 일상적인 일들을 염려 없이 평범하게 진행하며 살았다고 하셨어요.

홍수가 나서 다 멸망할 때까지, 까맣게 몰랐다고 기록되었어요.

인자의 임함도 그때와 같다고 하셨어요.

사실은 지금이 올 때까지 온 시대이지요.

하나님 정하신 때가 바로 코앞에 닥치고 있어요.

그런데도 마지막 때를 언급하면 많은 이단이 항상 들고 나오는 조건들이 말세이고 계시록이기 때문에 거부반응을 보입니다.

오직 말씀을 굳게 믿고 뜨거운 성령님 은혜로 기도에 정진해야 해요.

그리할 때 우리는 넉넉히 하늘 음성을 듣고 휴거의 황홀함을 누릴 것입니다.

믿음으로 그 날을 바라보며 기다립니다.

049 성경을 쓰신 분은 성령님

성경은 성령님 감동으로 기록되었기에 성령님 감동이 없으면 그 의미를 깨달을 수 없어요.

아무리 열심히 읽고 애쓰고 수고하여 성경의 의미를 이해하려 하여도 도저히 알 수 없어요.

성령님 조명이 심령을 움직이게 하셔야만 성경의 의미가 환하게 보여요.

성령님으로 기록된 성경은 어떤 다른 것으로 그 의미를 발견하지 못해요.

하나님 안 계신다고 호언장담하던 사람들이 하나님 계시지 않음을 증명하고자 성경 말씀을 끄집어내다가 살아계신 성령님 강하신 능력에 붙잡혀버리곤 했지요.

성령님 강한 임재 앞에 입이 안 떨어지고 온 영혼이 그 하나님 앞에서 몸 둘 바를 몰랐다는 많은 간증을 듣고 있어요.

10년간 유학 시절 깊은 학문의 길을 꾸준히 걸어

서 학자의 길에선 성공한 사람으로 정평이 나 있는 분이 있었어요.

그런데 유독 성경을 가르치려면 숨이 턱턱 막히는 거예요.

그분은 별 학력 없는 분들도 성령세례를 받은 후, 아주 다른 세계에서 사는 것을 알게 되었어요.

성령세례 받은 분이 말하기를 "성경은 성령님 조명 없이는 그냥 글씨일 뿐"이라고 했어요.

그들의 말에 따라 그분이 드디어 뜨거운 성령의 임재를 체험했어요.

그분은 이제껏 학문의 세계의 즐거움에서 마치 다른 별에 순간이동 된 기분이었어요.

그 기쁨과 황홀감, 그때 성경이 줄줄이 열렸다고 하셨어요.

성경은 성령님이 저자라 성령 빼고 벅벅거렸던 지난날을 완전히 버리고 다른 별로 이사한 새 심령으로 너무나 행복하게 살아간다고 했습니다.

기도 3

구원의 은총

050 은총을 헤아려 봅니다

헤아려도 또 헤아려도 답을 낼 수 없어요.

그 넓이와 높이, 깊이를 도저히 측량조차 할 수 없기 때문이어요.

끝없이 펼쳐진 창공보다 더없이 끝이 안 보여요.

하나님과의 교통은 그분 형상을 받은 인간뿐이지요.

피조물 중 가장 존귀한 존재는 인간이어요.

그래서 우린 거기에 맞게 주님 앞에 무조건 순종의 자세를 취해야 해요.

순종의 자세가 없다면 그때까지 주님께선 계속 훈련을 시키실 수밖에 없어요.

인간의 가는 길만 고달플 뿐이지요.

성경은 분명 주님께서 길이요 진리요 생명이라고 말씀하셨어요.

그 길 따라 오늘도 순종의 삶을 살아야 해요.

051 주님 은혜 얼마나 큰지요

은혜로 존재하는 인간들…….

누구라도 그 은혜 아니면 못살지요.

주님의 그 넓은 사랑 어찌 측량해요.

아무도 몰라요.

어쩌든지 인간들에게 복을 주시기 위해 하나님 방법 다 동원하셔요.

인간이 그 깊은 뜻 어떻게 다 알겠어요.

그럼에도 불구하고 인간을 향한 하나님 은혜 아아!

도성인신 하신 예수님!

인간 살리시려 인간 되셨어요.

십자가의 보혈을 세세토록 찬양할 뿐입니다.

052 우린 교회 없이 못 살아요

또 새날이 왔어요.

또 축복의 시간을 창조하심은 인간들에게 복을 주시기 위함인 걸요.

그렇게나 우리를 사랑하시는 주님, 기회만 있으면 어떤 복을 줄까?

그게 주님의 큰일이신걸요.

그래서 우린 행복해요.

근데 지금 우리에게 큰 문제가 생겼어요.

코로나로 인해 교회 문을 닫아야 하니까요.

주님! 도와주세요. 교회에 모여서 주님과 소곤소곤 사랑의 밀담을 속삭여야 하는데요.

그 재미로 광야 같은 세상을 견디는데요. 주님! 어쩌면 좋아요.

주님은 분명히 말씀하셨어요.

'너는 베드로라 내가 이 반석 위에 내 교회를 세우리니 음부의 권세가 이기지 못하리라'

주님이 세상에 오신 이유는 속죄의 피로 우리를 구원하시고 또한, 그 속죄의 은총 속에 교회를 세우셔서 우리에게 영원한 천국을 바라보게 하셨는데요.

우리가 회개합니다.

용서해 주세요. 주님 우리를 살려주세요.

053 갚을 길 없는 은혜

갚을 길 없는 은혜, 한량없는 은혜 어찌 필설로 다 말할 수 있겠어요.

주님 음성은 사랑의 음성, 자비의 음성, 염려를 그치라는 음성입니다.

고통이 난무하는 세상……

주님만 의지하라는 부드러운 그 음성!

주님 품 안은 언제나 안전합니다.

거긴 어떤 태풍도 어떤 광풍도 못 들어와요.

무에서 유를 창조하신 주님!

그 창조의 사역은 지금도 계속되어요.

모든 것의 모든 것 되시는 주님!

세상 그 어떤 것도 주님능력 못 따라가요.

그 은혜 있어 이렇게 기쁨이 넘쳐요.

주님 주신 기쁨의 세상, 어디에 비교할까요.

오직 주님 안에만 있어요.

성경에는 하나님께서 인간을 무조건 사랑하신다고

기록되었어요.

사랑 주시려고 만드신 인간, 그렇기에 인간은 그 사랑 안에서 영원을 꿈꿔요.

어려움 많았지만 언제나 그 어려움 헤쳐 나가게 길을 열어주셨던 주님께 감사가 넘쳐 흐를 뿐입니다.

그걸 어떻게 표현할까요?

054 그 은혜 생각할수록 가슴이 벅차요

아무리 생각해도 그 은혜 감사할 뿐입니다.

필요한 모든 것 미리 아시고 채워주셔요.

우리의 머리털 하나도 다 세신다고 하셨어요.

우리 작은 신음에도 응답하셨어요. 그 마음까지도 다 읽으셨어요.

성경을 펼치자 거기 하나님 사랑뿐입니다.

어디서 사랑을 찾아요? 인간들 사랑은 완전치 못해요.

성경을 통하여 그 사랑 느껴요.

인간은 처음부터 하나님의 간섭하심이 없으면 아무것도 할 수 없게 창조되었지요.

성경은 있는 그대로 인간의 불완전성을 잘 보여주시고 있어요.

하나님께서는 그들을 끊임없이 훈련시키셔요.

하나님 뜻에 맞는 인간을 만드시기 위해서 그렇게 그들을 이끄셔요.

최초의 사람부터가 하나님 뜻을 거슬렀어요.

계속 실패만 하는 인간들을 하나님께서는 정도로 인도하셨어요.

그리하여 결국은 인간들이 자기 자리를 찾게 하시네요.

그 하나님 지금도 여전하셔요.

그래서 오늘도 모든 것 주님께 맡기고 설레는 하루를 보낸답니다.

055 오직 은혜 오직 믿음

저는 어째서 이렇게 일방적인 사랑을 받는지요.

사랑과 은혜로 제가 지음을 받았기 때문이어요.

그간 많은 시련 있었지만 저를 더욱 복 주시기 위하여 저를 다듬으시는 시간이었지요.

순종이 아니었다면 불과 열흘이면 들어갈 수 있는 가나안 복지를 무려 사십 년을 방황했던 이스라엘 민족.

인생으로 하여금 고생하는 것이 결코, 하나님의 뜻이 아니라고 성경은 말씀하고 계셔요.

그러나 인간들은 스스로 훈련을 자초하고 있는걸요.

그걸 세월이 지난 후에야 깨닫고 감사해요.

아아! 얼마나 하나님 은혜 감사한지요.

믿음이란 단순해요. 자기 죄악의 모습 깨닫고 회개하여 자기의 원위치로 되돌아가는 것, 그것이지요.

거기엔 무조건 용서하시는 무한한 하나님 사랑이

있기 때문인 것을요.

주님 영광 홀로 받으소서.

056 기쁨의 순간들

지나면서 머무는 순간들이여!

시간의 잣대는 보이는 세계만이 아니지요.

기억을 더듬는 생명의 움직임들 신기루 모래벌판 타는 목을 축이려는 가여움.

손을 빠져나가는 희망 버스 그 시각 저 멀리 약속의 시간 보이네.

구름 속 헤치고 걸어 걸어 가까이 오고 있는 건 축복의 순간, 느리게 도착한 열매 품속에 보듬으니 희망이어라.

참 빛 넘치는 언약의 기름진 땅이네요.

거친 기억일랑 망각의 강에 깊이 넣으세요.

구속의 팡파르 드높이 울려 퍼지는 곳에 영생의 푸른 깃발.

바닷가 거센 파도는 환희의 노랫소리로 가득하고 온 우주는 희망의 멜로디 기쁨의 순간들이 임하네요.

057 말과 문자는 주님 선물

영혼의 모습 비쳐 인간이 인간다움, 책 쓰는 은혜 주셨어요.

그래서 우리 인간은 정신의 존재, 마음의 실체를 글설로 표현해요.

영혼의 다른 모습 날아다니는 정서의 흔적, 그 많은 책을 동서고금에 주셨어요.

여기 책 마을 파주에 삼팔 장벽 가까이 있어요.

민족의 소리가 고요히 메아리치며 오천 년 역사의 시간을 말없이 설명하는 파주의 책 속에 묻힌 선비의 나라 우리 대한민국.

그렇게 지킨 우리나라 여기 책 마을에 곱게 간직했네요.

자식 교육 두 팔 걷은 대한민국 억척 엄마들이 자원 없는 이 나라에 인재교육 넓혔지요.

아아! 문화의 향취여.

여기 듬뿍 고인 우리 선조의 책 사랑 지식 사랑.

058 기막힌 은혜

하루하루가 기적입니다.

의사들은 『플라시보』라는 저서에서 저자를 가리켜 기적의 사나이라고 부른다고 했습니다.

이 저서의 내용은 죽음의 길에서 주님을 만나고 악령들이 거주하는 이층천을 통과 찬란히 빛나는 영생의 본향을 체험한 생생한 영적 세계를 기록한 실화입니다.

플라시보란 낱말은 위약 곧 가짜 약이라는 뜻으로 물리적 약의 효과가 아니고 인간 심리를 이용한 심층세계의 조화로 병이 치료될 수도 있다는 상징적 표현의 낱말입니다.

오늘 하루도 주님이 허락지 않으시면 숨을 쉴 수 없는 시간입니다.

허락된 오늘 하루가 얼마나 소중한지요.

그냥 지나가는 세월이 아닙니다.

하나님의 세밀하신 계획에 따라 우리 모두가 존재

하지요.

지금 이 순간도 그렇게 은총의 이슬을 머금고 저희가 호흡하고 있어요.

지금 지구가 그분의 창조 권능을 노래하고 주님을 마음껏 찬양하며 자전과 공전을 실천해요.

거기 저희가 거침없이 숨을 쉬고 우주를 향하여 마음껏 외치지요.

그러니 오직 그분께 순종하고 긴 호흡 들이쉬며 아멘으로 화답해요.

감사의 물결이 전신을 휩싸며 저 푸른 하늘을 향하여 그저 감사할 뿐입니다.

'빛이 있으라 하시니 빛이 있었더라. 저녁이 되고 아침이 되니 이는 첫째 날이니라'

그 빛에 취해 이렇게 환희에 찬 오늘 하루를 감격으로 맞이합니다.

059 깊은 새벽 음미해본 말씀

저희가 느끼지 못하는 순간에도 주님의 폭넓은 사랑은 변함이 없어요.

사랑의 절정은 그래서 십자가입니다.

창조주 하나님의 공의와 사랑이 한꺼번에 성취되는 그 갈보리의 길이에요.

그 은총의 길을 왜 인간들은 외면하는지요?

원죄의 뿌리 속에 갇히어 욕심의 세계를 벗어나지 못하기 때문입니다.

늦은 비 오순절 절기에 성령님은 우리 영혼에 좌정해 계셔요.

십자가에 달리사 우리를 구원하신 예수님을 영접한 자의 영혼 속에 계시기로 작정하신 그 은총이 놀랍지요.

그렇기에 예수님 믿고 성령님 모셔 들인 성도들에겐 성령님께서 그들을 항상 좋은 길로 인도하셔요.

우리는 그저 순종만 하면 되어요.

그러니 무슨 염려가 있겠어요.

모든 걸 하나님께 맡기기만 하면 다 해결해 주시니까요.

정말로 상상도 못 할 하나님 아버지의 은혜가 아니고 어찌 다른 말을 삽입하겠어요.

060 빗물 묵상

장대비 내리는 날 이런 기도를 하고 있습니다.

행복은 마음의 결정에 따라서 미소 짓습니다.

지금 당장 행복해지겠다고 결심한다면 행복은 그 마음 지배해요.

늘 자신을 향해 나는 언제나 불행만 찾아온다고 생각하면 매사에 자신 없어져요.

그런 생각 속에 갇힌 사람은 아무리 좋은 일이 생겨도 자기에게 찾아온 행복을 받아들일 줄 모르지요.

좋은 일이 오면 그대로 감사하고 불행의 검은 구름 성큼 닥쳐와도 합력해서 선을 이루시는 하나님 바라봐요.

그러므로 행복과 불행은 자신이 어떻게 대처하는가에 따라 결정되어요.

결심하는 만큼 행복해질 수 있다는 생각은 에이브러햄 링컨의 말입니다.

누구에게나 연단은 있어요.

그것을 말씀에 비추어 이기는 자만이 참된 승리자입니다.

061 은혜의 바다

주님께 무엇을 더 바랄까요.

순종의 사람 되기를 원할 뿐입니다.

무엇을 더 구하오리까.

너무 많은 은혜를 받았어요.

더 이상 무엇을 구할 수 없이 이미 다 받았습니다.

아낌없이 다 주셔서 저의 마음과 입술에선 그저 감사만 되뇌고 있습니다.

감사 또 감사해요.

그 말밖에는 드릴 표현이 없어요.

죽도록 충성하겠노라는 생각을 주님께 올려드려요.

그것만이 우리가 주님께 드릴 신앙고백이어요.

왜냐하면, 갚을 길 없는 은혜를 이미 주님께 받았으니까요.

하나님의 은총을 어찌 필설로 표현하겠어요.

그 은혜의 바다가 바로 우주를 덮고 있어요.

우리의 삶은 그대로 믿음의 바다입니다.

거기 영생이 보장되어 있습니다.

그 생명 그대로 은혜입니다.

영원한 세계로 연결되어 있어요.

이것이 우리 존재의 실체입니다.

주님 안에서만 생명이 있어요.

062 어둠을 뚫고 빛의 나라로

'흑암이 깊음 위에 있고 하나님의 신은 수면에 운행하느니라'

말씀하셨어요.

창조 시에 이미 어둠의 세계를 뚫어버리셨습니다.

온 우주는 오직 하나님 참 빛에 의해 존재하게 되었어요.

어둠의 세계를 없애는 방법은 빛이 비치면 간단하지요.

하나님 창조의 첫날은 빛의 창조이어요.

빛이 비치니 어둠은 소리 없이 물러갈 수밖에요.

그 빛의 세계 이후 모든 만물이 순서대로 창조되었어요.

지금도 하나님 창조의 사역은 계속되고 있어요.

하나님의 그 영광의 빛, 우리 모든 어두운 환경을 변화시키시는 걸요.

우리는 하나님 은혜로 어두운 현실을 정면으로 도

전하며 주님의 깃발을 높이 들고 계속 승리하며 전진합니다.

063 탐욕과 질병

간밤에 위통으로 아주 죽었어요.

절제해야 하는데 식욕이 돋는다고 마구 먹었어요.

점심 잘 먹고 또 김밥을 먹다니요.

전 여기서 어리석은 인간의 탐욕을 들여다봐요.

배고파서 음식을 먹는 것은 정상이지요.

그런데 식욕이 돋는다고 마구 먹어대는 것은 분명 탐욕이에요.

하나님께서는 딱 하루치의 만나를 주셨지요.

사십 년의 시간은 그들에게 인간이 필요로 한 것들이 그렇게 끝없는 욕망의 길을 따라가는 것이 아니라 아주 단순한 것이라는 교훈을 주신 것이지요.

하루치의 만나 말고 더 많은 식욕을 만족하게 해달라고 아우성을 쳐댔어요.

그들의 요구가 탐욕으로부터 온 것을 아시는 하나님께서는 그 요구를 들어주시는 동시에 거기에 대한 대가를 톡톡히 치르게 하셨어요.

균형 잡힌 신앙생활을 통하여 인간이 인간답게 사는 방법을 광야라는 학교를 통하여 훈련시키셨지요.

선택된 교육을 받은 특채된 학생 이스라엘은 그 택함의 소중함을 까맣게 잊어버렸어요.

가나안의 복된 자리로 인도되었을 때 그들은 자신들이 그렇게 최상의 교육을 받았다는 사실을 새까맣게 잊어버리고 그곳 주민의 방식을 모방하며 보이는 현실의 만족만을 그대로 탐닉했지요.

그 결과 그들은 나라를 잃고 땅을 빼앗기고 지구촌 전체를 방황하며 디아스포라 설움의 세월을 2,500년 동안 겪었어요.

저는 어제 자신의 탐식 결과를 아주 심각하게 받아들였어요.

밤이 맞도록 위통에 시달렸던 고통의 밤은 결코, 우연의 산물이 아니라는 것을요.

그렇게 아프던 것이 새벽에 말끔히 가시게 하셨어요.

주님께서 중풍 환자를 고쳐주시면서 죄 사함을 받았다고 선포하신 사실을 조용히 묵상하게 하셔요.

회개의 모습을 보시고 단 하룻밤 사이에 말끔히 고쳐주셨어요.

064 모든 것이 주님 섭리

주님 손길 안 미친 곳 없어요.

저 우주 끝까지라도 주님 함께하셔요.

우린 걱정 안 해요. 우리의 신분이 그분 안에 속해 있으니까요.

온 우주의 창조자이시며 우리의 생사화복 주관자는 바로 주님이시기 때문입니다.

무얼 걱정해요.

그 섭리 안에 안전히 거하는 우리…….

참새 한 마리까지 주관하시는 주님!

주님의 허락 없이 어떤 힘든 일도 안 일어나요.

작금의 이 코로나 질병에도 역시 주님 함께 하셔요.

현실의 어려움에 대한 답을 바로 찾지 못해도 결국, 합력하여 선을 이루셔요.

좋은 것 주시기 위한 그 오묘한 섭리를 어느 인간이 다 이해할 수 있겠어요.

신앙은 이해가 아니리라 믿고 순종하는 것이기에
알 수 없는 재난도 결국은 그분 안에 있어요.

065 주님 품에 안전히 거하는 기쁨

그분 품 안전해요.

완전한 평강 그 자체이셔요.

무얼 염려해요. 그 안에서 우주의 평안 찾아요.

폭풍우 밀어닥쳐도 고이고이 저희를 싸안아 주셔요.

세상 어디 가서도 이런 평안 찾을 수 없어요.

세상이 주는 평안 신기루일 뿐이에요.

인간이 죽을 각오로 뼈가 빠지게 온 힘 다해도 거기 주님 안 계시면 사상누각인걸요.

풍차를 들이받는 미친 짓을 작품으로 승화한 작가, 돈키호테는 인간 내면에 깃들어 있는 고질적인 치기를 거침없이 쏟아내어 독자로 하여금 가슴 막혀 숨통을 조이는 내면의 울부짖음을 코믹하게 뚫어주었다고나 할까요.

자기의 혐오스러운 무지와 어리석음을 뛰어넘는 주인공의 기상천외한 바보 묘사는 왠지 자신이 그보다는 좀 더 나은 교양과 인격을 갖춘 인간이라는 안도감을 가지게 한다고나 할까요.

그래서 많은 사람이 그 작품에 환호하지요.

인간이란 주님 품 안에서만 안전하고 기쁨 누리지요.

066 사명이 아직 남았기에

우리가 사는 이유는 주께서 주신 사명을 감당하기 위해서입니다.

인간들에게 본능대로 살다 세월이 흘러 힘이 쇠잔해지면 흙으로 돌아가는 모든 만물과 꼭 같은 길을 걷게 하지 않은 이유가 무엇일까요?

하나님께서 인간들에게만 특별히 하나님 영을 부어주신 이유가 있어요.

하나님 형상을 주어 같이 교제하고 하나님 말씀을 알아듣는 그런 존재가 곧 인간입니다.

그뿐만 아니라 하나님 형상을 입은 그 인간은 하나님 말씀에 절대 순종하라는 명령도 같이 받았어요.

넉넉히 명령에 순종할 수 있는 능력도 주셨지요.

영원세계에서 같이 데리고 사시기로 작정하셨어요.

그러므로 이 땅에 태어나는 모든 인간은 누구나 맡겨진 사명이 있지요.

특히 하나님 뜻을 이룩하기 위해 인간들 각자에게 사명들을 주셨어요.

자신은 몰라도 누구나 하나님 계획에 해야 할 일들이 있어요.

그것을 우리는 사명이라고 해요.

이 세상 우리가 태어남이 우연도 아니고 어쩌다 이 땅에 던져진 존재는 더욱 아니지요.

모두가 사명이 주어졌고 그 사명 다 마치고 나야 주님이 부르시지요.

생사화복이 주님 손에 달린 이유이지요.

067 원죄의 모습

저의 지인 가운데 한 분이 딸 하나를 금지옥엽으로 키우고 있었어요.

그 애가 초등학교 갈 무렵 아주 귀엽고 예쁜 동생이 태어났어요.

모든 가족 친지들이 쌍수를 들어 아이 탄생을 환영했지요.

물론 큰딸 아이도 처음엔 예쁜 동생이 생겨 기뻐했어요.

몇 달이 지났을 때 그 큰 딸아이에게 이상한 일이 생겼어요.

멀쩡하던 머리카락들이 걷잡을 수 없게 빠지기 시작하더니 급기야는 머리털이 한 올도 남지 않고 다 빠지는 거예요.

그렇게도 명랑하던 아이가 말수가 적어지기 시작하더니 아예 입을 봉했어요.

화들짝 놀란 부모는 병원을 찾았지요.

일반 내과에서 정신과로 보냈어요.

어린 딸이 너무나 속이 상해서 생긴 병이라는 거예요.

동생이 생겨 처음엔 좋았는데 차츰 부모님 관심이 동생에게만 쏠리면서 자기 사랑을 동생에게 빼앗긴 거라는 생각이 들었대요.

사랑을 빼앗긴 억울함을 어린 마음속으로만 끙끙거리다 그 화가 머리로 올라와 머리털이 다 빠졌다는 거예요.

의사의 처방은 큰 아이 보는 데서는 작은 아이에 대한 사랑표현을 자제하라는 것이지요.

될 수 있는 한 작은 아이가 태어나기 전과 같이 큰 아이에게 집중적으로 사랑을 쏟아붓는 모습을 물리적으로 보여주라는 것이에요.

부모는 죽을힘을 다하여 그렇게 하려고 온 정성을 기울였어요.

그 결과 큰 애의 머리털은 다시 나고 정상으로 돌아왔어요.

이 상황이 바로 원죄를 타고난 인간의 모습이 아닐까요.

이기적으로 자신만을 챙기려 들고 남이 사랑받는

꼴을 보기 힘들어하는 원죄 말입니다.

이런 죄악을 우리 모두 안고 있어요.

원죄의 마음을 우리 힘으로는 퇴치시킬 수 없어요.

주님이 이 땅에 오셔서 우리를 위해 속죄의 피를 흘리셨고

부활의 영광과 우리에게 영원한 생명을 약속하셨어요.

그뿐만 아니라 성령님 우리 안에 내주하셔서

우리가 할 수 없는 모든 것을 할 수 있게 해주셨어요.

그분을 통해서만 원죄가 없어져요. 그러니 무슨 걱정을 해요.

코로나바이러스도 다 물리쳐주셔요.

믿음을 굳게 잡고 하루하루 감사함으로 살아요.

068 본향을 향한 방황

막연히 죽음이란 무엇인가라는 질문을 저는 5살 때부터 했어요.

말도 안 되는 어린아이의 발상이지만 전 그때부터 죽음의 세계를 심각하게 생각했어요.

부모가 저를 두고 집 떠나신 후에 저에게 닥친 감당키 어려운 고통을 겪으면서 다섯 살 꼬마는 여기서 도망가는 꿈을 늘 꾸었어요.

그게 장장 1년, 제가 6살이 되어 부모님과 함께 그 지긋지긋한 고모님 곁을 벗어날 때까지입니다.

어린 것이 부모님 없이 1년간 사는 게 얼마나 힘든 것인지를 이미 5살에 알아버렸어요.

어쨌든 저라는 꼬마는 그 어린 시절에 부모님 다 계신 처지에서 고모님이라는 어른을 통하여 이 세상이 얼마나 힘든 곳인지를 알고 말았어요.

그래서인지 저는 어려서도 애다운 면이 결핍된 애어른이 되어 어른들이 말씀하실 때에 톡톡 끼어들어

참견하다가 혼이 나곤 했어요.

다섯 살 꼬마의 1년은 30세까지 저를 지배하는 비관적인 인생관을 만들게 했다고 할 수 있어요.

그 배경은 아주 간단해요. 제가 5세 되던 1945년 해방되기 꼭 1년 전이었지요.

불교 신자시던 아버지께서는 옥천 선생이란 그 당시 자칭 예언자이던 분과 교제가 깊었어요.

나라는 빼앗기고 암울한 시절 남몰래 독립군들에게 간간이 자금을 대시던 아버지께서는 조국의 독립은 요원하게 보였고 희망 없는 세상에 고승들이라고 자처하는 자들과의 교제를 가지신 것 같아요.

난세에는 으레 그런 자들이 난무하지요.

서울은 불바다가 된다고 호언장담하고 지금의 대부도가 피난처라고 했나 봐요.

그때 거긴 땅값이 아주 헐값이었대요.

모든 재산 다 정리하고 그곳에 땅 사고 집 짓고 혼자되신 큰 고모님 가족들을 이끌고 대부도에 자리를 잡았대요.

그러나 그곳이 답답해서 아버지는 서울에, 어머니는 친정인 지금의 일산 집으로 계속 가 계셨어요.

어머니는 두 살배기 동생은 등에 업고 저만 대부섬

고모님과 함께 두셨어요.

그런데 그 고모님이 왜 저를 그렇게 모질게 대하셨는지 잘 모르겠어요. 부모님 앞에선 안 그러고 부모님만 안 계시면 꼭 지옥을 연상하게 하셨어요.

한 가지 예로써, 흔해 빠진 닭을 잡으면 제겐 발과 머리 부분만 주는데 징그러워 항상 토해냈어요. 부모님 앞에선 너무나 잘 해주셨어요.

제가 아무리 말해도 부모님은 어린 것이 부모님 떨어지는 것이 싫어서 투정 부리는 것쯤으로 생각하셨나 봐요.

그래서인지 전 아직도 닭고기를 못 먹어요.

어릴 때부터 이 세계를 탈출하고픈 강렬한 욕망이 저의 내부에 자리 잡기 시작했어요.

아마도 5살 꼬마에겐 그 시절 삶이 이 세계를 떠나고 싶을 만큼 힘들었나 봐요.

어릴 때 그런 경험이 한 인격을 비관적인 인생관을 갖도록 했는지도 모릅니다.

30세에 하나님과 대면하면서 저의 미스터리가 풀렸어요.

아! 천국이 있어 그렇게나 다른 세계를 갈망했구나 라고요.

제가 그렇게나 막연하게 그리던 여기 아닌 딴 세계는 바로 우리 조상들이 쫓겨난 에덴에의 귀향 본능이었어요.

제 본향을 향한 몸부림이었지요.

069 흔들리는 믿음

인간의 역사를 살펴볼 때 사람들 모두는 그들의 능력에 따라 자기들의 에너지를 십분 발휘합니다.

자기들의 이상, 꿈, 성취감 등…….

그렇게 열심히 자기들의 꿈을 이루려고 애써요.

우리는 성경에 눈을 돌려야 해요.

인간이 자기의 능력으로만 세상을 살아가려 할 때 실패하는 것을 우리는 성경에서 볼 수 있어요.

그걸 알면서도 어떤 문제가 생기면 성경을 펴들고 주님께 엎드리는 것이 아니라 제한된 자기의 작은 판단력을 동원하여 그 문제를 해결하려 해요.

그러나 거기엔 아무런 답이 없어요.

사람들은 가장 쉬운 길 바로 말씀 앞에 가는 것이 아니라 엉뚱한 곳에 마음을 가지고 가요.

애쓰고 힘쓰다 아무것도 못 해요.

말씀에서 해결점 찾으려 할 때 바로 정답이 나오는 걸요.

알면서도 실천이 어려운 건 믿음의 부족이어요.

성령님 의지하면 그 흔들리는 믿음 굳게 잡아주셔요.

070 십자가 보혈의 은혜

무조건 감사합니다.

은혜로 존재하는 저희, 그 누구라도 그 은혜 아니면 못 살지요.

주님의 그 넓은 사랑 어찌 측량해요.

그러면서도 인간은 코앞의 유익을 취하는 경향이 너무 강해요.

원죄의 깊은 뿌리 누구나 가지고 태어나요.

그 뿌리는 불순종이 바탕을 이루지요.

그 결과를 다윗 스스로가 고백했어요.

그의 모친이 죄악 중에 자신을 잉태했다고 절규했어요.

자신 속에 흐르는 죄악의 뿌리를 절실하게 느꼈기 때문이에요.

하나님께서는 사단의 유혹을 이기게 하셨는데, 이는 십자가의 보혈입니다.

십자가의 보혈을 찬양합니다.

071 믿음 없이 어찌 살아요

아무리 하나님께서 은혜를 베푸셔도 인간 편에서 받아들이지를 못하면 아무 의미 없어요.

그 은혜를 받아드린다는 것을 우리는 믿음이라고 부르지요.

하나님 편에서는 은혜요.

인간 편에서는 믿음인데요.

하나님께서는 한량없으신 은혜를 베푸시지만 인간이 화답하지 아니하면 그 은혜가 허공에 뜬구름 마냥 흩어질 수밖에 없어요.

주님 세상 초림(初臨)하실 때, 하나님 아버지께서는 천사를 보내시어 주님께서 성령으로 잉태할 것을 말씀하셨어요.

그때 마리아는 무조건 순종했어요.

"주의 계집종이오니 주의 뜻대로 이뤄지리다"

마리아 믿음의 고백 후, 주님께서 성령으로 잉태하신 후, 세상 오심이 이루어졌어요.

하나님께서는 인간들에게 단 하나 믿고 순종할 것을 요구하셔요.

믿으면 순종할 수 있으니까요.

그런데 인간들은 그 하나를 못 해드려요.

우리가 얼마나 복을 받은 존재들인데요.

그냥 믿으면 되어요, 주님을요. 그냥 맡기기만 하면 되어요.

그게 인간의 본분인 걸요.

솔로몬 말년에 그는 모든 것이 허무하다고 했어요.

그러나 하나님을 섬기는 것이 인간의 본분이라고 선포했어요.

맞아요. 우린 무조건 하나님께 모든 걸 맡기고 의지하고 믿기만 하면 되고말고요.

그리하면 때가 이르면 만사형통의 복을 받는 것 확실해요.

아아, 이 축복의 약속 그저 그저 감사할 뿐이어요.

072 은혜 앞에 엎드려요

베푸신 은혜 거저 주신 선물들 얼마나 많은 사랑을 받았는지요.

주님께 드린 것은 너무 없고 받은 것은 너무 많아 헤아릴 수 없어요.

성경은 하나님께서 우리를 얼마나 사랑하시는지를 계속 말씀하시고 계셔요.

하나님 사랑으로 성경에 나오는 인물들도 그냥 하나님 은혜로 살고 있어요.

이삭은 특히 조건 없는 하나님 은혜로 거부가 되었어요.

1년 농사를 지었는데 100배의 열매가 맺혔다고 기록되었어요.

얼마나 축복을 하셨으면 백배를 주셨을까요?

이는 오늘을 사는 우리에게도 그런 축복을 주신다는 말씀이지요.

우리에겐 언제나 하늘로 통하는 길이 열려있어요.

이삭의 하나님은 또한 우리들의 하나님이셔요.

우리도 그러한 축복을 얼마든지 받을 수 있어요.

성경의 모든 인물은 우리에겐 복을 주신다는 본보기로 기록되었어요.

아무것도 없는 메마른 광야에서 40여 년을 이스라엘 백성들은 의식주에 어려움 없이 살았어요.

그 하나님은 지금도 우리에게 똑같이 역사하셔요.

주님께 우리 인생 전체를 그냥 맡겨요.

그리하면 주께서 놀라운 능력으로 모든 일을 해결해 주셔요.

073 황홀한 택한 백성

은총은 하나님이 즐겨주시는 멋진 선물이에요.

우리를 만드신 목적이 우리를 은총 아래 두시기 위해서네요.

인간은 절대 독립된 존재로 살 수 없게 지음을 받았어요.

그러기에 우리는 언제나 베풀어 주시는 은총 아래 유유히 축복을 누리고 살아요.

우리 힘으로는 아무것도 못 해요.

언제나 배후에 주님이 계셔요.

눈에 보이는 것은 인간이 다하는 것 같지요.

세상은 온통 인간의 세상이고 주인공도 물론 인간으로 보여요.

모든 것의 주관자도 진행자도 끝맺음도 모두 인간이 주인공 같아요.

그런데 아니지요. 그렇게 보일 뿐이어요.

온 우주와 지구의 모든 것, 흐르는 인간의 역사, 온

통 하나님 주관으로 진행되고 마감되어요.

물론 그 과정 중에는 하나님 원치 아니하시는 방향으로 흐르고 있는 인간의 역사도 있어요.

정의에 목말라 애타 하는 숱한 세월이 지나고 결국은 하나님 예정하신 뜻이 이루어져요.

그러므로 택한 백성인 우리는 언제나 황홀합니다.

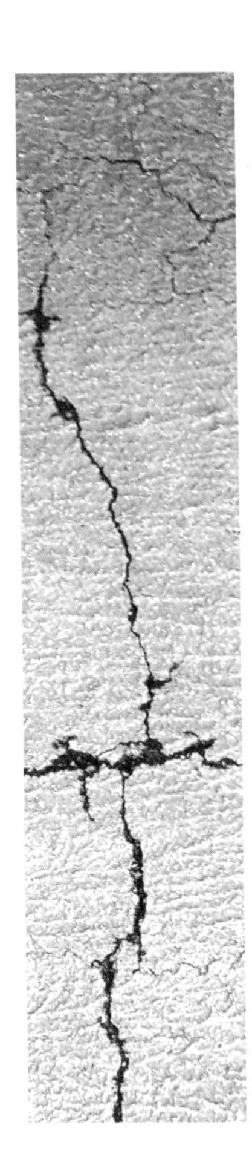

묵상 4

주님과 동행 길

074 새로운 태양이 떠도 주님 사랑

피조물이 아무리 사랑 펄펄 날리고 있어도 사랑 자체이신 주님 못 따라가요.

빛을 창조하신 이래 태양이 없어도 빛의 광채는 온누리를 부족함 없이 비추고 있어요.

사랑 본체이신 주님, 그래서 인간사랑 없어도 살아갈 수 있어요.

다만 우리에게는 서로의 사랑을 확인하는 것이 필요해서 서로 사랑하라고 하셨어요.

그러나 인간은 그 바탕이 이기주의로 뿌리를 박았어요.

조금만 틈을 보이면 죄악의 물결, 밀물 듯이 밀고 들어가 큰물 일으키고 인간을 괴롭혀요.

인간은 그 자신과의 싸움을 처절하게 해요.

조금만 방심하면 죄는 쉽게 인간 속에 파고들어요.

어떤 땐 자신이 죄를 짓는다는 것조차 의식하지 못할 때도 허다해요.

그걸 매일매일 기도로 다듬고 훈련해요. 지금은 성령님 도와주셔서 승리하지요.

075 그 사랑 너무 황홀해요

아아, 그 사랑 그저 황홀할 뿐이어요. 그 빛 휘황찬란해서 우주를 덮어요.

주님의 팔이 얼마나 넓고 길고 깊으신지요. 측량이 안 돼요.

지금 그 앞에 엎드려요. 고개 숙여요. 울고 있어요. 너무 감사해서요.

저는요. 언제나 주님 곁에서 이렇게 사랑받으며 살 것이에요.

영원무궁토록요.

왜 저를 이처럼 사랑하시는지요. 말을 잃어버린답니다.

전 도저히 알 수 없어요. 그 깊은 사랑의 호수에 빠진 채 헤어 나올 수 없네요.

왜 가끔 거기서 헤어 나오려 하는지 아세요?

그 사랑 너무 진해서요. 너무 뜨거워서요. 곧 타버릴 것 같아서요.

그래서 도망 나오려 하다가 문득 생각했어요.

그 자리, 주님과의 알콩달콩한 그 자리, 바보처럼 왜 벗어나요. 거기서 그대로 행복 할래요.

'초막이나 궁궐이나
내 주 예수 모신 곳이
그 어디나 하늘나라'

우주의 창조자 주님 함께 계시는데 기쁨이 넘쳐 흐르고 말고요.

그것 한 가지에 모든 소원 다 이루어진걸요.

주님 한 분만으로 만족하옵니다.

076 빨리 천국 가고파요

감사를 계속 외치다 보니 입이 모자라요.

그 입 구하지 못하니 차라리 천국 가고 싶은 이유 하나 더 생겼어요.

핑계만 생기면 곧바로 오직 천국 가고파요.

전 웬일인지 이 세상엔 적응이 잘 안 되는가 봐요.

아무래도 엉거주춤하며 어디 안정되고 자리 잡을 수 없는 그런 사람 같아요.

주님 왜인지 전 모르겠어요. 왠지 세상은 제가 살아야 할 곳이 아닌 거 같아요.

전 그 이유를 몰랐는데 성경에서 찾았어요.

분명 성경에 이 세상은 우리가 영원히 거할 곳이 아니라고 기록되었어요.

잠깐 지나가는 나그넷길이라고요.

그 말씀 속에서 전 왜 제가 이 세상에서 안정을 느끼지 못하는 이유를 알았어요.

역시 성경뿐이지요. 그다음부터는 저의 완전한 고

향을 사모하는 버릇이 제가 사는 이유가 되었어요. 그러다 보니 어떤 때는 좀 모자라는 사람 같이 보이기도 해요.

그러나 걱정 안 해요. 비록 여기에 살아도 계시록에 기록된 그 영원한 본향을 사모하는 마음, 그것이 있으니 사실 세상 욕심은 관심 밖이 될 수밖에요.

누가 여행하는 길목에서 큰 욕심을 부려요? 여긴 잠시 지나는 곳인 것을요.

그러므로 그 영원한 본향을 사모하는 마음으로 오늘도 감사의 하루를 살아요.

077 놀라운 하나님 사랑

모든 것 주님께 맡깁니다.

아멘! 주님 보좌 앞에 모든 것 내려놓아요.

아멘! 흙덩이 인생 보듬어 살게 하셨어요.

생각하면 제 것은 아무것도 없어요.

지금 숨 쉬고 있는 자체부터 감사 감사합니다. 살아있음 자체가 감사입니다.

주님 아니면 일 초도 살 수 없어요.

성경은 그런 무능한 흙덩이가 저 자신임을 분명히 말씀하셔요.

하나님께서는 거대한 계획, 깊은 사랑, 변치 않으신 언약을 주시며 흙을 만지셨어요.

그리고 거기에 귀한 영을 불어 넣으셨어요. 그 아무것도 아닌 먼지 덩이를 귀하디귀한 존재로 만드셨어요. 그리고 그들과의 교제를 시작하셨지요.

하지만 초장부터 어긋났어요. 그래도 끝까지 그 인간을 향하시어 성경이 두터워졌어요.

그 두터운 내용은 하나같이 인간 사랑이어요.

끝없이 배반하는 인간을 끝까지 구원하시는 하나님!

그렇게 주시기를 원하셨던 에덴을 등지게 하셔서 그들을 온전한 모습으로 다시 입성케 하시는 작업을 하셨어요.

죗값으로 온 죽음 영벌을 면치 못할 그들에게 위선 영혼이라도 구원받을 길을 열어주셨어요.

바로 십자가의 속죄로 영혼을 안전하게 천국에 안착시키시고 때가 차면 흙으로 돌아간 육체를 완벽하게 천국의 영혼과 합치게 하실 것이에요. 바로 주님 재림의 크신 계획이지요.

성경은 그 역사하심을 세세히 기록하셨어요.

아아! 창조주 하나님 약속 매일 감사하면서 모든 것 그분께 다 맡기고 감사로 일관된 삶을 삽니다.

기쁨으로 이 밤도 '아멘'을 연발합니다.

078 주님께 붙어있는 가지

일상 자체가 감사조건이지요. 일거수일투족 모두 하나님 은혜 아니면 움직일 수 없어요.

그 많은 몸의 세포들, 핏줄, 장기들 특히 두뇌를 감싸고 있는 세포들이 조금만 잘못돼도 정신적 문제가 생겨요. 지금 생명을 담고 지구를 활보한다는 자체가 복이 아닌지요.

그분이 우리를 눈동자처럼 사랑하셔요.

그러니까 오늘 하루 생명 연장도 감사가 넘치는 은총의 선물인걸요.

성경을 보면 레아가 나와요.

그녀는 남편 야곱의 사랑을 받지 못해 목마름에 허덕이던 여인이었지요.

남성 위주의 사회, 가부장제도의 권위 아래 여인으로 하여금 선택의 자유가 박탈된 답답한 현실에서 그녀는 그저 가부장 되시는 절대권위 앞에 오직 순종 안에 있었던 그때, 한 남자를 그의 남편으로 맞이할 수밖에 없었지요.

그의 감정, 이성, 의지와 아무 상관 없이요.

그런데 그녀에게 돌아온 것은 남편의 냉대, 무관심…….

그의 남편은 오로지 그의 동생 라헬만을 사랑하고 있었지요.

그래도 레아는 자기의 환경에 그대로 순응했어요. 그런 그에게 하나님께서는 인간에게 받지 못하는 사랑을 유감없이 쏟으셨어요.

그 증거로 건강한 아들들을 계속 주셨어요.

뿐만 아니라 그중에 다윗의 조상이 되는 유다를 주셨어요.

공평하신 하나님께서 그렇게 자기 의지를 펴보지도 못한 그녀에게 그보다 훨씬 높으신 하나님 계획을 부어주셨어요.

메시아의 육적조상이 되게 하신 것이에요. 이 어찌 인간이 상상조차 할 수 없는 축복이 아닌지요? 그러니까 세상에 태어난 모든 사람은 제각각 하나님께서 예비하신 계획 아래 있어요. 그리고 이는 눈에 보이는 것으로 절대 평가할 수 없는 하나님만이 아시는 계획이지요.

그러니까 우리는 인간을 외모로 보면 안 되어요. 세상 잣대로 봐서도 안 돼요.

자기 자신도 세상 잣대로 보지 마셔요.

자기도 모르는 하나님 축복이 자신에게 있음을 생각해야 해요.

자기 자신이 자신의 것이 아니기 때문이지요. 착각하면 안 돼요. 자신은 자신의 것이 아닌 하나님 안에 속해 있다는 것을요.

그러니 모든 것 주님께 다 맡기고 하루하루 그저 감사하면서 사는 것이 인간의 본분이어요.

079 오늘이 바로 응답의 날

바로 오늘을 만세 전에 예비하셔서 이렇게 복 주셨어요.

시간을 창조하신 이유 분명해요. 그 시간 속에 좋은 것 주시려고요.

분분 초조 행복을 주시려는 주님 그저 감사해요.

주 앞에 엎디어 아멘 아멘…….

흙덩이에 불과한 저예요.

주님의 은혜 그대로 거저 주셨네요. 거저 받았으니 거저 주라고 하셨어요.

그 길 주님의 길, 공의의 산책길이런가!

사랑의 멍에 앞에 십자가의 붉은 피는 하나님 자비의 눈물방울…….

너를 사랑한단다. 외치시는 창조주 하나님 드넓은 품속 사랑 끝이 안 보여요.

시작도 끝도 없는 삼위일체 하나님 우주를 가르시고 강림하셨어라.

080 곁에 계시네요

곁에 계시네요. 아주 함께 계셔요. 혼자 못 해요.

전 언제나 어린 아기예요. 마음껏 어리광부려요.

그 품 얼마나 부드러운지요. 그 안에 그냥 안겨요. 창조의 숨결 언제나 배어 있는걸요.

그 굉음 우주를 덮어도 흙덩이를 품으시는 크고 넓은 은총…….

창공엔 지지배배 푸른 날개 펄럭이고 시퍼런 물결 바다, 빛난 비늘 바닷물결 같이 뛰며 찬양해요. 물고기 웃음소리에 육지까지 춤을 춰요.

흙을 닮은 온갖 생명 숨소리, 향기 되어 온 우리 서린 합창, 흙의 기쁨 넘치고 넘치어라.

제 안엔 주님 형상, 제 안에 곁에 늘 계시네요.

081 변함없는 사랑

변함없는 당신의 사랑, 천지가 변해도 안 변해요.

사랑으로 만드신 저인걸요.

저의 안식 있어요.

생명 근원 함께 있어요.

당신 떠나니 불안하고 외면하니 향방 잃어 스산한 바람결에 밀려다녀요.

어두움 가득 심장 쿵, 두려움 엄습, 존재 잃은 눈물 방울 물 되어 흐르네요.

빛을 찾아 험산 준령 헤매다니니 이끼 가득 파란 연륜 눈빛을 거둘 때 시간 속 닫힌 동굴에서 외줄 하나 여윈 가슴에 품어 안았지요.

082 책 마을의 밤과 아침

책 마을의 밤이슬 내릴 때 임진강 밤바람, 창밖을 흐르는 물소리, 숙소 밖은 푸른 별 노래…….

문을 열면 쏟아질 듯 웃어버리는 책 동무들의 합창, 발걸음 움직임은 책과의 소곤소곤 밀월여행.

보이는 공간은 온통 진열된 책들의 미소로 함빡 까르르, 톨스토이의 러시아 행진, 괴테의 라인강, 카뮈와 사르트르의 몽마르트 언덕, 무명 화가들의 색채 어린 붓끝 소리, 앞에 확 펼쳐진 밤 불빛이 명멸하는 깜박 빛들, 밤공기 태우는 차들의 소리.

밤을 보초서는 가로등 사이로 여전히 너풀거리는 책 내음 때문에 행복합니다.

새날이 밝으오니 청량함, 궁창을 태우는 흙내음,

보슬보슬 책들의 소곤거림, 서로를 정답게 바라보며 가지런히 꽂힌 책들의 질서.

그들 특유의 내음, 펄프 색종이 위에, 인간지식 발전 역사가 책 속에 고스란히 배어있어요.

온갖 사연들이 적혀있는 책갈피들 사이에 인간 내음이 시간을 넘어 남아있네요.

감성 흔적 종이 안에 고스란히 함께 뛰며 인간을 기다리고 있으니, 내 사랑하는 책들이여!

나와 함께 시간 속을 달리기를 바라며 기도합니다.

083 책 마을 체험과 감동

책 마을 고요한 지식의 침묵과 함께 호흡하는 동안 생명의 환희가 흘러넘쳐 기쁨을 누렸어요. 비록 소리는 없어도 감성과 이성 표현이 적나라해 마음의 소리 가득한 책들의 깊은 사연과 인간 심성을 필설로 휘두르는 펜의 흔적들은 인간 지식의 고운 꽃을 피웠어요.

모세오경을 주님 계시로 돌 판에 새기듯 흙집 인생들의 생애가 책 속에 가득 천년 묵은 것들이 오늘같이 생각되네요.

이 모든 것 주님 없이 어려워요. 말씀 주셔서 존재감 가득히 넘치게 하신 분이 이런 기록문화 주셨어요.

수많은 고백이 쌓이고 쌓여 언어들을 흘려 그리고 기록했네요.

수 세기를 넘고 넘은 낡은 시간 속에는 먼지 낀 기록들이 고스란히 남아있어요.

여기까지 지나온 그 낡은 흔적들에는 책 내음 알알이 넘쳐 갈피마다 숨겨진 창조의 짙은 향기, 심장을 뜨겁게 일구고 있어 책은 결국 인간 실존의 진솔한 고백입니다.

084 묵상 고백

너희 인생이 무엇이냐?

잠깐 있다 흩어지는 안개라고 창세 이후 최초로 이름 알려진 모세의 묵상 고백이다.

인생의 존재 자체가 주님 안에서만 가능하거늘 주님 찬양하라고 주신 위대한 선물 자유의지를 만용하다못해 주님을 철저히 외면한 채 영혼 없는 육체들이 된 인간 비극의 역사가 슬프다. 이제 인간의 시간표는 공의 편에 선 하나님 심판대 앞에 서릿발 같은 그분 판단의 기준 앞에 설 수밖에 없는 가련한 인간들이다.

홍수로 멸망하기까지 시집가고 장가가던 어리석은 이들이여! 방주의 문이 닫힌 후에 부평초같이 물 위를 떠돌다 멸망의 골짜기에서 힘없이 떨어져 내린 인간들이여! 수많은 기회를 외면한 인간의 비극은 그 이후에도 수 없는 전쟁과 전쟁 사이를 넘나들었다.

하나님을 저버리고 자신들의 유익만을 추구하는

자들의 비극적인 인간의 역사는 모순과 모순을 연결하는 지평이 되었어라.

소수의 민족을 보듬어 안으실 때도 그들을 번성시키실 때도 거대한 집단들을 허락해서 많은 선견자를 수없이 배치하셨다.

하지만 원죄라는 탁류의 공해는 시대가 바뀌어도 여전했다.

이제 그분의 무한정 사랑을 베푸시는 순간들은 경계를 넘어선 지 오래되었고 아무리 시간을 되돌려도 변하지 않는 인간의 채울 수 없는 욕망의 바다여! 새로 만들어도 자유의지를 포함되게 하면 다를 것이 없는 피조물의 불완전함이여!

해서 창조주 하나님의 피조물을 향한 짙은 고뇌의 고통이 끊이질 않았다.

오죽하면 몸소 피조물 세계에 뛰어들었을까.

십자가와 예수가 바로 그분의 사랑이 절정의 한계에 이른 것을 보여준 것임을 깨닫게 된다.

085 왜 스마트 소설이 필요한가?

이 질문은 마치도 유대인 교육에 기본을 적어 넣는 것 같은 이슈입니다.

밀려드는 정보사회 문명에 눈을 제대로 뜰 수도 없는 혼잡한 기계의 도전 앞에 점점 작아지는 인간의 초라한 모습이 안타깝습니다.

거기에 춤을 추듯 인류가 인간인 것을 증명하는 지성의 결집인 책을 외면하는 심각한 인간성 상실의 시대가 되었습니다.

인간의 역사에서 인간이 인간인 것을 깨우쳐주는 문학이라는 거대한 물결이 무시할 수 없는 큰 자리를 차지해 왔지요.

그런데 오늘의 위기는 그 자리를 이어온 '책'이라는 '문화'가 사라지고 있다는 것이지요.

기계의 홍수시대에서 눈에 보이고, 감각적 흥분에 빨려들어가는 이 시대…….

실종되어가는 소설 문학이란 장르는 큰 난관에 부

뒷혔습니다.

조금만 길어도 책을 덮어버리고 영상의 감각적인 매력에 홈취되는 시대가 되었습니다.

이러다가는 글로 기록된 성경을 후세들이 읽어낼지 걱정됩니다. 하나님의 문화가 흔들리고 있다고 할까요.

스마트 소설이란 전철에서 독자들이 한두 구간에 읽을 수 있는 짧은 글에 군더더기 말을 싹 빼버리고 감동적이고, 재미있으며 문학적이고 교훈도 있는 새로운 장르 소설을 말합니다.

많은 작가가 시도하고 있다고 하네요.

이런 지혜도 하나님이 주셨으니 성공하리라 믿고 기도하게 됩니다.

086 주님 엄청 사랑합니다

하늘만큼 땅만큼 주님 사랑합니다.

하늘만큼 땅만큼은 예전부터 내려오는 우리말의 표현입니다.

여하간 세상 모든 것은 모두 하나님 섭리 아래 있기에 하나님께서 어떤 방법으로든지 복음의 진리들을 심어 놓으실 수도 있다는 생각이 들어요.

성경 첫 장에 태초에 하나님께서 천지를 창조하셨다고 하셨어요. 무에서 유를 만드셨다는 의미이지요.

아무것도 없는 상태에서 모든 것을 만드신 여호와 하나님의 창조사역으로 성경 말씀은 시작되어요.

그런데 천자문 첫 번째 단어가 하늘과 땅을 언급했다는 것에 잠시 생각을 멈추게 합니다.

인간들이 역사를 통하여 자랑하는 모든 문명과 문화들…… 결국 그 근본이 결코 인간의 두뇌만으로만이 아니라는 것은 모두가 공감하고 있지요.

친구 중 잘 나가는 외과 의사가 있어요.

그녀는 아주 이성적으로 증명되지 않는 그 어떤 이론은 절대 믿지 아니하는 성품을 지녔지요. 그러므로 그녀는 심오한 철학적 사고에는 아주 진지하게 접근해요.

특히 동서양 고대철학으로부터 현대 서양철학에 이르기까지 깊이 섭렵하여 웬만한 철학박사 뺨치는 실력을 갖추었어요. 그럴수록 그녀는 종교를 외면합니다.

철학은 어느 정도 이론을 내세울 수 있는 데 비해 종교란 허무맹랑하다는 것이에요.

보이지도 않고 만질 수도 없어 마치 허공에 걸려있는 듯한 관념의 세계를 휘젓고 거기 신이라는 존재를 인간들이 떠억 만들어놓고 그 허무한 대상을 섬기기까지 한다나요.

종교란 인간이 얼마나 어리석은 존재인가를 정확히 밝히는 행위라고 기염을 토해내곤 하지요.

그렇게 소위 똑똑하던 그녀가 죽음의 문턱에 다다른 질병 속에서 자신이 부인하던 신의 존재를 만나고 난 뒤에 그녀는 병을 치료받았어요.

그녀는 불치의 병을 고쳐주신 하나님에 대한 경외보다 그렇게나 고개를 설레설레 흔들던 하나님의 실존을 체험했다는 놀라움으로 한때는 거의 정신 줄을 놓을 뻔했어요.

정신 차리고 보니 그 하나님은 인간의 고도의 관념 세계를 형상화한 상상의 허상이 아니라 살아계신 분이시며 만물과 인간을 창조하신 우주의 주인이시라는 것을 똑똑히 알아 그 앞에 무릎 꿇고 경배드릴 수밖에 없는 분이심을 너무나 분명히 알았다는 것입니다.

그때부터 그녀의 정신세계는 완전히 뒤집혔고 그의 입술에서는 이런 말이 거침없이 쏟아져 나오는 것이에요.

"저 하나님 믿고 말고요, 그분을 엄청 사랑합니다."

그건 우리 모두의 고백이지요.

087 위로 뚫린 길

언제나 피조물들을 엄청 사랑하시는 하나님!

새날이 밝았다는 건 어제 맛볼 수 없는 복을 예비하셨는다는 말씀도 됩니다.

하나님께서는 매일매일 새로운 복을 예비하시기 때문입니다.

열매 주렁주렁 농익은 결실의 기쁨도 있지만, 아직 머언 때에 추수할 곡식들도 있어요.

농부가 뜨거운 여름 찌는 듯한 태양 아래서 땀내 가득한 숨 가쁜 고통에 헉헉 소리 낼 때 눈앞에는 수확도, 탐스러운 결실도 안 보여요.

그래도 심고 거두는 법칙하에 서늘한 가을날 추수를 바라봐요.

인생의 어두운 밤길 심하게 밤을 만나 칠흑 같은 그믐날 거친 돌밭을 신발도 없이 발이 터지며 걸어요.

앞도 뒤도 옆도 온통 검은 먹물 뿌린 현실이 이빨

을 드러내며 음흉한 웃음을 소름 끼치게 날려요.

어디로 갈까 사방 욱여쌈 당하고 도울 자 눈에 안 보여요.

노아의 홍수에 하늘 향해 뚫린 유일한 창문 보듯 우리 모두 위를 바라봤지요.

우린 하나님 안에 있어요. 하늘 향한 길은 그렇게 뚫려 있어요.

088 사단의 전략

현실을 보면 두려울 수밖에 없어요.

앞도 뒤도 옆도 막혀 보입니다. 어찌할까 되뇌며 절망합니다.

사실 인간은 절망할 자격도 없어요. 생각이라는 것도 주께서 주신 선물이기 때문입니다.

인간은 마치 자신이 모든 것의 주인인 양 성공도 실패도 자신에게만 있는 것으로 생각합니다. 영광도 저희가 안고 교만하고 고통도 저희가 모두 안고 고민하고 그러지요.

모든 것의 주체가 자기들이라는 착각 속에 해결할 수 없는 문제 앞에 목숨을 던져 해결하려 합니다.

그러다가 안 될 때 마지막 보루가 목숨이라고 생각해요.

자살이라는 마지막 길을 택해요.

자살이란 자기가 주체라는 전제하에 행해지는 당연한 주권이라고 생각합니다.

기독교에서 자살을 죄라고 합니다.

자살은 자기 존재의 근원을 하나님이 아니고 자신이라고 생각하는 인간의 원초적 죄악에서 행해지기 때문이지요.

생사화복의 권세는 오직 주님께만 있기 때문이지요.

피조물인 인간은 자기 생명이 자기 것이 아니라는 점을 꼭 알아야 해요.

이것이 인간 정체성의 기본이지요.

자살할 만큼 힘들고 어려워도 아무 염려 없지요.

염려는 사단의 무기이니까요.

주님 안에는 모든 것들이 가능해요.

우주를 품으신 하나님이 우리들의 아버지이신걸요.

어떤 환경에서든지 걱정 안 해요.

모두 그분께 맡겨요. 승리자이신 아버지 하나님만 의지해요.

이 길이 바로 사단의 전략에서 승리하는 비결입니다.

089 지금 살아있어 행복해요

지금 우리가 이렇게 살아있다는 것, 얼마나 행복한지요.

비록 요즈음은 코로나 전염병에 노출되어 있지만요.

인류가 수많은 시련과 역경을 겪고 여기까지 온 것 모를 사람 없어요.

동서양을 막론하고 어떤 민족이든지 평안하게만 역사를 이어오지는 아니했어요.

유사 이래로 온 지구촌이 이렇게 같은 전염병으로 신음한 것은 처음이어요.

그러므로 우리는 이런 걱정하지 않을 수 없어요.

이러다가 이 전염병이 상상외로 오래 지속할까 봐요.

만일 그렇게 된다면 삶의 질서가 뒤죽박죽될 수도 있기 때문이지요.

그러나 걱정 안 해요.

아직 일어나지도 않은 일에 대하여 미리 염려한다는 것은 감정의 낭비일 뿐인걸요.

지금 현재 우리가 숨 쉬고 살아있다는 것 한 가지 사실이 얼마나 중요한데요.

그러므로 우리가 살아있는 이 시간을 소중히 보내요.

하루하루를 이런 마음으로 맞이할 때 이번 역병도 극복되는 날 반드시 올 것입니다.

오늘도 이렇게 한날을 품어 안으니 기쁨이 샘솟듯 합니다.

아아! 살아있음의 행복이여! 감사 감사합니다.

090 말씀에 많은 은혜 받았습니다

주신 말씀 다시 묵상하여 은혜의 되새김질을 합니다.

난세에 영웅이 난다고 했지요.

이스라엘이 위기에 처할 때 위대한 여선지자를 세우셨습니다.

그녀는 하나님께서 들려주시는 음성을 알아듣는 신실한 선지자였습니다.

또한, 그녀는 주님의 은혜로 승리를 확신했고 용감하게 적과 맞서 싸웠습니다.

그녀는 불퇴진의 믿음으로 전진했어요.

그리고 승리의 개가를 높이 불렀습니다.

그 당시에 탄생부터가 이방인인 노예 여자로 안 태어남을 감사조건에 넣었습니다.

그런 시절에 하나님께서는 여선지자를 택하셨어요.

승리의 개가를 부르게 하셨어요.

하나님 안에는 불가능이 없음을 보여주는 말씀이지요.

담임목사님의 이런 설교 말씀에 많은 은혜 받았습니다.

이렇게 어려운 시절에 하나님 말씀 증거는 물이 없어 목이 타는 뜨거운 사막 한복판에서 시원한 오아시스를 만난 것 같은 생수가 펄펄 넘치는 은혜의 말씀이었습니다.

091 모든 것이 주님의 소유

어떤 현실이 와도 주님세계는 아름다워요.

그 세계는 오직 주님만이 주인이시니까요.

주님 말고는 그 어떤 것도 아무것에도 주인은 없어요.

오래전 『파인애플 스토리』라는 책이 베스트셀러였어요.

그 스토리는 아주 단순해요. 어느 미개한 정글 아프리카에 선교사로 갔던 한 선교사의 개인 이야기입니다.

아프리카 오지에 사명감에 불탔던 젊은 선교사 부부는 다른 욕심 없었지만 딱 하나, 파인애플을 아주 좋아하기에 그 나무를 선교지에 심었지요. 잘 가꾼 후에 열매를 기대했지요.

넉넉히 품삯을 받고 그걸 가꾼 원주민 성도들이 수확 때가 되니 그 열매들을 거침없이 모두 따 가지고 가는 거예요. 하도 기가 막혀 선교사가 그들에게 항의했지요. "당신들 값을 받고 일했는데 어찌 그 열매를 주인인 내게 주지 않고 다 가져가느냐?"라고요.

당연한 항의지요.

그들은 두 눈이 동그래져서 도리어 되받아 답변하더랍니다.

"무슨 말씀이세요. 우리나라에선 식물을 가꾸는 일꾼이 그 식물 열매를 먹는 게 당연한데요."

"당신들은 그 식물 가꾸는 삯을 나로부터 받았고 그 나무는 내 소유인데 주인인 나를 제치고 수확한 것을 모조리 가져간다는 것 말이 됩니까?"

그들은 도리어 그 선교사 말을 이해할 수 없다는 표정으로 아무 거리낌 없이 그 열매들을 가져가는 것이에요.

"그럼 당신들이 받은 품삯은 무엇이오?"

"여하간 그건 수고의 대가일 뿐 우리 족속들은 일한 자가 그 열매를 먹어야 한다는 철칙을 세워 대대로 내려왔으니 지금의 우리 행동은 정당합니다."

양쪽 간에 좁혀지지 않는 갈등 속에 선교사 부부는 다음 해도, 또 그다음 해도 행여나 그들의 양심이 열리기를 기대하며 파인애플 농사를 계속 지었지요.

물론 원주민들을 일꾼으로 쓰지 않고는 농사를 지

을 수 없으니까요.

그때마다 똑같은 일이 반복되었어요.

선교사 부부는 먹고 싶은 파인애플을 먹지 못한 채 시간과 물질과 노력을 헛되이(?) 쓰고 있었어요.

참다못한 선교사 부부는 그들이 병들어도 약을 주지 않겠다고 선언했어요.

선교사 부부는 계속 화를 내고 있었어요. 원주민 역시 견디기 힘드니 그럼 우리는 우리 살던 방식으로 살겠다고 모두 교회를 떠나 깊은 정글로 들어가버리고 말았어요.

복음전파를 위해 먼 아프리카까지 왔는데 파인애플 갈등으로 결국 그곳에 온 의미를 상실한 것으로 생각될 수밖에요.

고민했지요. 그런 와중에 그들의 본국 영국에 선교사를 위한 세미나에 참석하기 위해 잠시 귀국했어요.

세미나에서 설교하는 강사 목사는 이렇게 말했어요.

"우리 것은 하나도 없어요. 우리의 것, 모두 우리의 소유라는 생각 때문에 우리는 거기 집착하여 내 것의 소유를 누리지 못한다고 생각되어 분하고 억울하다는 생각 때문에 밤잠을 설치는 어리석음을 범합니다."

순간 그 선교사 부부는 가슴이 철렁했어요.

수년을 억울함에 시달렸던 파인애플 생각에 이르렀지요.

아아! 내 것이 아니었구나. 그 파인애플은…….

어찌 파인애플뿐이랴. 우리 가진 모든 것이 모두 하나님 소유인 것을!

그 깨달음이 오자 그들의 영혼은 창공을 훨훨 나는 자유로움으로 황홀경에 빠졌어요.

아프리카로 돌아가 다시 성도들을 모으고 그들에게 품삯을 예전보다도 더 넉넉히 주며 추수할 때 그들의 수확으로 단 한 개의 파인애플을 먹을 수 없어도 싱글벙글했지요.

이상하게 생각한 원주민 성도들이 물었어요.

"왜 화를 안 내요?"

선교사는 이렇게 답변했어요.

"내가 착각했어요. 그 파인애플이 내 것으로 알고 있을 때 화를 냈지요. 내 것을 도둑맞았다고 생각했기 때문이지요. 내가 잘못 생각했어요. 그 파인애플 주인은 내가 아니라 하나님인데…… 그래서 화를 안 내는 거예요. 그러니까 당신들은 맘대로 가져다 드세요."

조금 후에 선교사 마당엔 수확한 파인애플을 고스

란히 원주민들이 도로 갖다 놓았어요.

"선교사님 미안해요. 우리가 잘못했어요. 파인애플이 하나님 것이라면 우리는 하나님 것을 도둑질한 게 되네요. 다시는 하나님 것 도둑질 안 하고 선교사님 말씀대로 착하게 살게요."

선교사 부부와 그들은 얼싸안고 같이 눈물 흘리며 다정하게 파인애플을 나누어 먹으며 하나님을 소리 높여 목청껏 찬양했대요.

우리가 내 소유를 주의 것으로 내려놓을 때 우주가 열리고 천국이 이 땅에 이루어져요.

092 낯선 별나라

분명 내가 살던 공간인데 아주 낯선 별에 던져진 듯 이상해요.

인간과 인간이 서로 소통이 안 되니 나무토막들이 굴러다니는 것과 무엇이 다른지요.

흙덩이 빚어 만든 인간, 거기 인격 담은 하나님 형상 그 안에 있기에 사람인 것을 요즘 새삼 느낍니다.

보이는 내가 과연 무엇인지요.

내면의 내가 실종된 것 같은 요즈음 무심히 보이는 무표정의 인간들 사이에 흙덩이들이 부딪치는 광물질들의 의미 없는 소음만이 들리는 것 같아요.

이 무미건조한 삶이 도대체 언제까지 계속될 것인지요.

뉴스를 보면 이 불투명의 순간들이 내일을 기약할 수 없네요.

지구촌 어디나 똑같아서 발 디딜 틈도 없어요. 어쩜 이렇게 평등한지요.

보이지 않는 세균들이 공평하게 지구촌을 마구 휘젓고 다니고 있으니까요.

처음엔 자기들 나라 꼭꼭 막아 세균들 침입을 차단하려 비행기의 발걸음들을 묶어놓았지요.

그러면 안전하다고 생각했어요.

지금 세상의 모든 사람 모두 이상한 별나라에 던져졌어요.

오직 하늘에서 내려온 외줄인 우리 주님만 꼭 붙잡아야 할 때예요.

093 여전히 우리를 사랑하시네요

주님은 저를 눈동자처럼 사랑하셔요.

그 사랑 어찌 측량할 수 있겠어요.

어떤 역병이 돌아도 겁 안 나요.

지존자의 은밀한 곳에 거하는 자는 전능하신 자의 그늘 아래 거한다고 하셨어요.

그 전능하신 주님께서는 우리의 피난처가 되셔요.

백주에 흐르는 화살과 흑암 중에 흐르는 염병을 두려워하지 않는다고 하셨어요.

죄가 만연한 세상에서 각종 질병과 처절한 절망의 절벽에서 몸부림치는 고통에 시달리는 시간이 많은 건 당연해요.

지금 이런 역병으로 소름끼치는 고통을 온 지구촌이 함께 겪어요.

이번 사태를 보면서 딱 분류된 민족의식, 자기나라만 생각하는 넘치는 이기주의, 뒤범벅된 혼란스러운 의식 가운데 어찌하든지 자기나라 유익을 발 빠르게 계산하여 요리조리 꿰맞추어도 크나큰 노도 광풍 역병 바이러스를 도저히 막을 수 없음을 뼈저리게 체험했네요.

여긴 우방도 의리도 은혜도 저버린 시퍼런 계산이라는 칼을 들이대고 손익계산만 하다가 답이 실종되어버린 수학 점수 빵점, 어떤 공식을 만들어도 답은 영원히 오리무중…….

창조의 신비로 우주가 생겼고 각종 피조물이 거기 가득 찼고 각종 법칙이 난무하고 정확하다는 인간의 지성, 이성의 절정인 과학과 수학을 널브러지게 쌓아 놓아도 답이 안 나오는 난감한 벽에 부딪혀요.

그러면서도 인간은 그 잘난 지성이라는 무기를 마구 휘둘러 종횡무진 허무한 이론들을 엮어 세워요. 그러니까 인생은 영원한 미지수로 남을 수밖에 없어요.

창조주께서 막아버리신 의식의 한계.

거기서 꼬물거리며 버티겠다고 들이대는 인간의 무지.

계산도 안 맞았고 답도 사라진 질퍽한 늪의 한 구렁텅이에서 언제나 그 자리에 계신 주님 그분을 바라봅니다.

그분 말씀에 귀를 기울입니다.

거기에는 바로 해결책이 분명하고 선명함이 있어요.

환난으로 칭칭 엉킨 줄을 풀고 보니 거긴 그분의 진한 사랑이 답이라고 또렷하게 밝히고 있어요. 해답은 오직 주님 안에서만 찾을 수 있지요.

거기 진한 그분 애정의 표현인 구원의 따스함인 영생의 설렘이 여전히 넘치고 또 넘치니까요.

094 축복의 하늘소리

거기 천국 보여요. 영원한 고향 그리운 곳, 여기서 그리워하며 갈망해요.

주님 계신 곳이요.

이곳 생활 소중히 생각하지만 이제 끝이 보여요.

곧 이사 갈 것 같아요.

에녹이 300년을 하나님과 동행하다가 하나님께서 데려가시니 이 땅에 보이지 아니했다고 하셨어요. 죽음을 맛보지 않고 그대로 하나님 나라로 옮겨진 에녹! 우리도 그렇게 옮겨져요.

휴거! 바로 그 축복의 날이 눈앞에 다가오고 있어요.

에녹과 엘리야! 인간의 죗값으로 온 죽음, 그러나 그것까지도 면하게 하시는 하나님 은총.

대거 집단으로 올리우는 하나님 은혜 속죄의 복은 마침내 그렇게 철저히 죽음을 뚫고 영생의 찬란한 길이 지금 보여요.

'큰 풍파 일어나는 것 세상 줄 끊음일세. 주께서 오라 하시면 내 고향 찾아가리……'

이 찬송가 가사가 또렷이 떠올라요. 지금 세상은 마무리 작업에 눈코 뜰 시간 없이 바쁘게 돌아가고 있어요. 큰 풍파가 지구를 덮고 있어요.

사람들은 못 살겠다고 아우성치고 몸부림치며 울부짖어요.

이 코로나 언제 없어지냐고 온 지구가 몸살로 소리 지르는 재난, 창세 이후로 처음이지요.

노아 홍수는 물로 삽시간에 죽음의 공포 속에 침몰하였지만 오늘의 이 재앙은 영원한 고향 집에 이사가기 위한 준비 기간인걸요.

어떻게 지구상 모든 나라가 이렇게 똑같은 고통을 당해요? 이건 온 땅에 임하시는 하나님 심판의 날을 예고하는 사인인 것으로 생각되어요.

우리는 심판의 날에 훨훨 날아 공중에 올라가 거기서 주님과 7년 혼인잔치 화려하게 치르고 다시 여기 내려와 1000년을 왕 노릇 하다가 영원한 나라에서 세세토록 살아요.

그래서 새날이 올 때마다 새로운 시간을 기대에 찬 마음으로 바라보지요.

믿는 자들은 분명하게 축복의 하늘소리 듣고 있어요.

동남풍이 불고 서북풍이 불어도 아무 염려 없어요.

온라인 예배를 드려도 믿음엔 끝이 없어요. 주님 어디나 계신걸요. 우리 안에 성령님 계시니 우리 한 사람 한 사람이 보이지 않는 교회인걸요.

그래도 보이는 교회당 안에서 예배드리고 싶은 열망, 주님 아시지요?

우리 휴거 전까지 그대로 교회당 안에서 예배드리게 해주세요.

간절히 기도드립니다. 아멘

095 성령님의 도우심

피조물인 모든 것들은 제아무리 사랑 펄펄 날리고 있어도 사랑 자체이신 주님 못 따라요.

빛을 창조하신 이래 태양이 없어도 빛의 광채는 온 누리를 부족함 없이 비추고 있었어요.

사랑 본체이신 주님이 계셔서 인간 사랑 없어도 살아갈 수 있어요.

다만 우리에게 서로의 사랑 확인이 필요해서 서로 사랑하라고 하셨어요.

인간은 그 바탕이 이기주의로 뿌리를 내렸어요. 에덴의 범죄는 연연히 이어오는 범죄의 유전자로 태생부터 죄를 품고 나왔어요.

다윗은 모친이 죄악 중에서 자신을 잉태했다고 처절한 고백을 쏟아놓았어요.

인간은 죄를 지어서 죄인이 아니라 죄인이기 때문에 죄를 짓는다고 말하기도 해요.

남은 양심으로 안간힘을 쓰면서 죄의 울타리 안에

들어가지 않으려고 애쓰는 것이에요.

그러나 조금만 틈을 보이면 죄악의 물결이 물밀듯 밀고 들어와 큰물 일으키고 인간을 괴롭혀요. 인간은 자신과 싸움을 처절하게 해요.

그러다 조금만 방심하면 죄는 쉽게 인간 속에 파고 들어요.

그리고 어떤 땐 자신이 죄를 짓는다는 것조차 의식하지 못할 때도 허다해요.

원죄의 고질병은 자신을 변호하기에 아주 익숙해 있기 때문이어요.

그걸 매일 기도로 다듬고 훈련해요.

성령님 도와주지 않으시면 어림없어요.

지금은 성령 시대에요.

096 사랑의 불꽃

성경을 주셨어요. 거기 하나님의 마음이 잔뜩 있어요. 그 사랑이 우주를 덮어요.

피조세계에 이 사랑이 가득해요. 그게 바로 주님 마음이어요.

그건 인간의 붉은 심장 속 깊이에 활활 타오르는 불꽃이에요.

저는 그 불꽃 안에서만 살 것이에요.

다른 것은 필요 없어요.

주님 심장에 가득한 사랑의 불꽃이면 충분합니다.

주님 그 생명의 숨결, 제 안에 가득한걸요.

그건 곧 영원으로 연결되는 생명선인걸요.

그것만이 제 생명 본체에요.

육체는 여기 잠깐 머무는 나그넷길의 존재인걸요.

그래도 육체가 있기에 구원받아요.

피 흘림 없으면 죄 사함 없어요. 이 땅에서의 소중한 법칙이에요.

육체로 태어난 자의 축복이지요.

영혼 구원받고 나중 그 육체는 부활하신 주님과 같은 신령한 몸으로 변화 받아 영생합니다.

아아!, 이 행복이여!

097 내 인생의 간증거리

오늘도 또 생명을 연장해 주셨군요.

어쩌자고 저를 이렇게 사랑하시는지요.

그 사랑 무게 너무 무거워서 사랑의 짐에 눌려 일어날 수가 없네요.

주님 사랑 너무 무거워 끙끙대며 겨우 일어나니까요.

여전히 그 사랑 계속 미소 지으며 저를 따라 다니시네요.

사람들이 저를 신비주의자라고 흉볼까 보아 자주 비밀의 문을 열지 않지만, 오늘은 좀 열고 싶네요.

제가 30세 때 주님 만났어요. 그때의 황홀함이란 형용할 길 없었어요.

그 감격, 놀람, 환희! 모든 나무가 함께 춤추고 푸른 하늘 코발트색이 파란 물감 되어 세상을 온통 희망의 나래로 휘덮었지요.

제가 걷는 땅도 방긋방긋 웃으며 "나하고 놀자"라

고 함박웃음 지었고요.

어릴 적 고무줄 하며 놀 때의 노랫가락이 떠올랐어요.

'산골짝의 다람쥐 아기 다람쥐 도토리 점심 가지고 원족을 간다'

이 노래의 경쾌한 음정을 따라 펄쩍펄쩍 다리를 들면서 걸었었지요.

30세 두 아이의 엄마가 주책없이 혼자 우주의 황홀한 음정에 맞추어 흥흥거리며 안양의 거리를 마구 뛰놀며 활보했지요.

그 황홀경에 잠잘 때도 생시와 다름없이 주님 손 꽉 잡고 철없이 어리광부렸어요.

꼭 다섯 살배기 어린아이 같았지요.

엎드려 기도만 하려면 입에서 터져 나오는 달콤한 방언과 거기 따른 선명한 통역의 은사!

"내가 곧 다시 올 테니 넌 때를 얻든지 못 얻든지 복음을 전파하거라."

"네! 주님 그렇게 할게요."

완전히 전 미친 사람처럼 보였나 봐요.

10년간 습작한 수만 장의 소설 원고 뭉치들을 집 앞마당에 쌓아 놓고 불질러버렸어요.

성경을 앞에 놓으니 혼신의 힘을 다하여 써놓은 원고 뭉치들이 마치도 비 온 뒤의 찬란한 태양 빛 위에 희미한 등잔불만도 못하게 보였었지요.

그뿐만 아니었어요. 인생의 근원을 찾는다고 생명 걸고 진리(?)를 추구했던 한글 한 권으로 된 팔만대장경 그 두꺼운 고가의 책을 역시 불 속에 처넣어버렸어요.

번민만 쌓게 하는 책들일랑 영원히 나와 결별이라고 외쳤어요.

결론도 없이 끝없는 의문들을 나열한 인문학의 꽃이라 부르는 수효를 알 수 없게 산 같이 쌓였던 철학 서적들과 역사서들도 활활 타는 불 속에 한 줌 재가 되었습니다.

중학교 시절부터 받은 용돈을 쓰지 않고 청계천 헌 책방을 뒤지고 다니면서 사서 모은 내 인생 16년의 세월이 함께 장사되는 순간들이었지요.

그 안양 집을 장만하기 전인 신혼 시절 3년간 여섯 번이나 셋집을 전전하면서 이삿짐 보따리 속에 제일 먼저 챙겨 넣던 서적들…….

그러니까 항상 배부른 돼지보다 배고픈 소크라테스를 택하겠다는 누가 보면 미련스럽게도 풍차를 들이받는 돈키호테 같았던 저였습니다.

그 시절 치기 어린 돈키호테의 행동거지와 별 차이를 두지 않은 그런 모습이었지요.

이사할 때마다 허술한 운동복차림의 아기 엄마와 가득한 헌책 뭉치들을 나르면서 이삿짐 일꾼들은 이렇게 흉을 보았어요.

"이 쓰레기들은 그냥 버리시지요. 어휴! 곰팡내! 무겁기는 돌덩이네. 이건 돈 안 돼요. 그냥 고물상에 싸게 팔고 가세요."

저는 그때마다 어색한 웃음을 날리며 "돈 조금 더 드릴 테니 그냥 날라주세요" 했어요.

사실 그네들이 애물단지(?)라 생각한 곰팡내 풀풀 풍기는 쓰레기 같은 책들은 저 자신이 최고의 보물이라고 스스로에게 도장 찍은 제 재산목록 1호였었어요.

어떤 땐 눈물을 글썽이며 그 책들을 껴안고 깊은 밤을 하얗게 밝히며 새벽을 맞이하기도 했지요.

만일 내 생애에서 이 즐거움을 제거한다면 손 안에 아무것도 남는 게 없다고 생각했었지요.

그 당시 값이 서울보다 비교도 안 되는 헐값에 교통이 아주 불편한 안양 깊숙한 변두리에 대지 40평에 건평 17평, 그땐 안양이 시가 되기 전 시흥 읍에 속할 때입니다. 시흥 읍에서 집 없는 서민들을 위해 추첨을 통해 모집한 주택선발에 당첨되었었지요.

뛸 듯이 기뻐하며 계라는 조직에 들어가 가까운 번호를 타 일부를 지불하고 나머지는 끝번에 타는 곗돈으로 갚을 것을 요령하여 그 집을 장만했어요.

그렇게 승승장구하니 결혼에 성공(?)했다고 야단인 친구들의 부러움에 행복이라는 돛단배를 끼워 타려 하던 시절에 제게 닥친 질병의 소식.

지금은 아무것도 아닌 병인 담석증으로 쓸개에 생긴 돌멩이가 너무 커서 수술 불가능판정이 신촌 세브란스병원의 진단결과였어요.

그 사진을 미국의 저명한 병원에 보내도 수술 불가능하다고 했어요.

하기야 50년 전이니 당연하지요. 링거로 생명 연장 기간은 석 달!

그때 신을 완강히 부인한 무신론자 무식한 인간 저는 신과 한바탕 맞장 뜬다는 명목으로 겁도 없이 신의 세계(?) 한복판 소위 교회부흥회에 신과의 한판 승부를 벌이겠다고 무기도 소유치 않은 채 당당히 도전했지요.

백전백패 초전박살! 30년간 쌓인 태산 같은 죄에 대한 봇물 터진 회개의 장맛비 쏟아지는 가운데 처절한 외침이 터져 나왔어요.

"나는 죄인입니다. 나는 천하에 둘도 없는 죄인입니다."

생명줄 한 달 남은 28kg의 뼈와 가죽의 육체에서 어쩌면 그렇게 그칠 줄 모르는 액체들이 쏟아져 나오는지요. 울고 또 울고 그렇게 울다가 환희에 넘치는 기쁨이 가득 차올라 꼭 미친 사람이 되어 더덩실 춤추며 집까지 달려왔어요. 굶고 링거만으로 산 지 두 달 만에 밥과 미역국을 한 그릇씩 비우고 밤새 쏟아지는 기도의 홍수를 막을 수 없었어요.

연이어 새벽기도에 나가고 10시 성경공부 끝낸 후 세브란스병원으로 달려가 사진을 찍었어요.

쌓였던 돌멩이들이 흔적도 없었지요. 어머나 어머나! 미쳐(?)버렸어요. 병 고침에 감격이 아니라 신(하나님)이 계신 현실에 놀랐고 그 먼 곳에 계신 하나님께서 내 안에 계심에 펄쩍펄쩍 뛰고 또 뛰며, 그리고 정신이 혼미해지는 것 같은 이상한 세계에 옮겨진 것 같았어요.

전 그때부터 반 미쳐서 전도했어요.

전 아주 다른 별나라에 이민 온 사람으로 변해 있었어요.

제 꿈이었던 소설가, 신춘문예 당선의 꿈. 적어도 그때는 그건 내가 전에 살았던 별나라의 아득한 추억일 뿐 내가 드디어 당도한 별나라에서는 휴짓조각이라는 생각이 들었어요.

추구하던 인생 문제 속에 머리를 싸안고 진액 짜듯 일구어나가던 인간 지성 최고 절정이라고 생각했던 철학과 인간의 발자취를 더듬는 인간 설계 교과서인 세계역사서들!

이런 것들이 새로운 심성의 별에선 흘러간 호랑이 담배 먹던 전설의 고향 신화로 치부되었어요. 그래서 그 흔적들인 그 별에서 내가 그리도 아끼던 책들, 내 원고들을 그렇게 먼저 있었던 별나라로 날려버렸지요.

후회 안 돼요. 지금 제정신(?) 돌아와 이 별이 옮겨진 별이 아니라 원래 그 별이란 걸 알아도 별은 그대로인데 나 자신이 변했으니 그게 그것이지요.

그때 기도 중 꿈을 꾸었어요.

제가 어떤 공동체 직장에 취직했는데 아주 스마트

하고 인격이 갖춰진 나의 상사인 과장이 내가 일하는 것을 잠시도 쉬지 않고 바라보고 있는 거예요. 물론 그 눈이 부드러운 사랑에 넘쳐 있어도 저는 숨통이 막히는 것 같았어요. 제발 잠시라도 좋으니 저 인자하기 그지없는 과장님이 잠시라도 내 시야에서 안 보였으면 했어요. '비록 저 과장님이 좋으신 것을 알고 나를 언제나 도와주시는 것 알지만 그래도 그렇지 나 잠시라도 좋으니 저 과장님으로부터 해방되었으면 좋겠다'라고 생각했어요.

어쩔 수 없이 과장님께 칸막이해달라고 요청했어요. 과장님이 빤히 저를 보고 계셔서 불편하다고요. 과장님 안 보셔도 제 할 일 다 한다고 투덜투덜했지요.

과장님 빙그레 웃으시며 튼실한 칸막이 해 주시더라고요.

오우 케이, 파이팅!

전 숨통이 트이는 것 같아 룰루랄라 환호성 팡팡 나 자유 얻었네. 너 자유 얻었네. 우리 자유 얻었다고 휘파람을 불었지요.

갑자기 유리창이 짱! 깨지면서 날아온 메모지 한 장.

'거기서만 먹는 밥 권태롭지? 오늘 점심 어때? 규칙 어기고 살짝 나와. 밖에 얼마나 많은 음식 메뉴가 개발됐는데. 오늘은 나와 같이 새로운 음식 좀 먹자. 친구야! 너 거기 들어간 후 난 가장 친한 친구 널 잃어버린 기분 넌 알기나 하니?'

달콤한 옛 친구의 정이 뚝뚝 떨어지는 편지! 저는 지체 않고 뒷문 조그만 구멍을 발견하고 살짝 나왔지요.

다행히 그 과장님 눈길 피했어요. 우리는 손에 손을 잡고 대로를 활보했지요. 곳곳에 즐비하게 널려진 음식점들의 맛있는 냄새 코를 찔러요. 조금만 더 가면 기막힌 맛집이 있어 친구의 권유대로 한참을 걸었지요. 근데 이게 웬일입니까? 길은 점점 좁아지고 음식점은 자취를 감추고 시간은 점심시간이 끝나가려 하고 배는 고파와 기운이 쭉 빠지는 것이에요. 막다른 골목길에 더 갈 수도 없어요. 친구는 온데간데없이 사라지고 저 혼자 남았는데 무서운 불도그가 잡아먹을 듯 짖으면서 달려들었어요. 앗! 마침 거기 사다리가 있어 급히 올라갔어요. 개는 거기까지 으르렁대며 따라 올라와요. '이럴 때 과장님이 계시면 얼마나 좋을까! 이럴 때는 나타나지도 않네' 하면서 불평을

늘어놓았지요.

참으로 신기해요. 그 순간 옆에 빙그레 웃는 과장님이 거짓말처럼 눈앞에 나타난 거예요. 얼마나 반가웠던지요.

"어머! 과장님 왜 이제 오셨어요?"

"언제는 귀찮다고 했다가 이젠 늦게 왔다고 불평하는군. 네가 나를 귀찮게 생각해서 앞에 나서지 못하고 안 보이게 네 뒤를 따라왔단다. 이제 네가 나를 필요로 하니 이렇게 나타난 것이지."

과장님이 나타나심과 동시에 그렇게 극성을 떨던 개들은 자취를 감추었어요.

후유! 저는 그제야 안도의 한숨을 쉬며 민망한 마음으로 과장님을 따라 제가 근무하던 곳으로 돌아왔어요. 그리고 '다신 나가지 말아야지' 다짐하면서 꿈을 깨었어요.

우리 담임목사님은 감리교의 감독이셨고 감리사님이셨습니다. 말씀이 항상 논리정연하셔요. 하나님께서는 영혼 육을 균형 있게 주셨으므로 보이는 것만 의지해도 문제가 되지만 그렇다고 지나치게 소위 신령한 쪽으로만 치우쳐도 아니 된다고 누누이 말씀하셨어요. 그렇게 되면 신비주의자가 된다고 엄하게 경고하셨어요. 그 당시 이 땅에는 은혜받아 너무 지나치게 신비한 현상을 따르는 무리가 많이 있었지요.

기독교의 역사가 길지 않고 거의 5000년을 샤머니즘 문화에 익숙한 우리 민족의 체질입니다. 그러므로 신비한 어떤 현상을 대할 때 성령님의 역사하심과 토속적인 샤머니즘을 구별하지 못할 때가 있다고 하셨습니다. 그것을 구별하는 방법은 성경 말씀에 근거한다고 하셨습니다.

어떤 기적적인 현상 그 현실 앞에서 아무리 신비한 일이 일어난다 할지라도 그것이 하나님 영광과 상관이 없다면 그 신기한 일들은 아무 의미가 없다고 하셨어요. 그러기에 꿈, 환상 그런 일에 너무 치우치지 말라고요.

은혜받아 펄펄 끓던 저는 수시로 브레이크를 거시는 담임목사님이 존경스러우면서도 때로는 꽤 어렵기도 했어요.

영적으로 많이 무지했던 저는 때로는 지나치게 영에만 치우치는 경향이 없지 않았습니다.

그때마다 담임목사님께서는 아주 합리적으로 조곤조곤 알아듣기 쉽게 설명해 주셨지요.

하나님께서는 때론 인간의 이성을 뛰어넘는 기적을 베풀어 주시기도 하신다고 하셨습니다. 그러나 그 일의 초점은 기적이 아니라는 것이었어요. 하나님의 구원을 이루시기 위하여 때로는 하나님께서 만드신 질서를 뛰어넘는 기적을 베푸시는데 그런 일의 초점은 그러한 신비한 기적을 보고 단순히 사람들이 즐거워하라고 주신 것이 아니라고 말씀하셨어요.

기적은 이방 종교에서도 종종 일어난다고 하셨어요.

모세 시절에도 열 가지 재앙에서 세 가지까지는 애굽의 술사들도 흉내를 냈다고 하셨어요.

그러므로 단순히 어떤 기적만을 보고 믿는다면 그건 진정한 믿음이 아니라고 하셨습니다.

제가 조심스럽게 꿈 이야기를 해드리고, 좀 걱정되어 목사님 표정을 살폈지요. 목사님은 아주 심각하게 받아드리셨어요. 일단은 안심이 되었지요. '잘못 받은 건 아니구나!'라고 안심이 되더라고요.

목사님은 이렇게 말씀하셨어요.

"속장님(감리교에서는 구역장을 그렇게 부릅니다)의 그 꿈속의 일터는 주님의 사역지입니다. 과장님으로 나오는 인물은 황송하지만, 예수님을 상징하지요. 속장님께서 사명 감당이 지루하여 때론 게으름을 부리시네요. 주님이 간섭하심을 부담스러워하시고요. 그러다가 주님 떠나려고 획책도 하다가 어려움도 당하시겠네요. 그러나 주님은 끝까지 속장님을 사랑하시고 좋은 길로 인도하실 거예요. 그 꿈은 앞으로의 속장님 사역에 대한 경고 말씀으로 많은 참고를 하시기 바랍니다."

그 후 한 번도 그런 꿈이 꾸어지지 않았어요.

저는 그때의 그 옛꿈과 의미를 일러주신 목사님의 말씀을 평생 기억합니다.

얼마나 큰 교훈이 되었는지요.

그래서 오늘도 그 하나님, 그 한량없는 은혜 앞에 감사할 뿐입니다.

098 하루하루가 가치 있는 시간

시간은 여전히 잠시도 쉬지 아니하고 흐르고 있어요.

시간은 자기 갈 길을 묵묵히 걷고 있어요.

그 안에서 우주의 초침이 정확히 세월을 안고 있어요.

도대체 세월의 얼굴은 어떻게 생겼는지요.

그 빛깔은 어떤 색이고 모습은 어떤 모양일까요?

색도 모습도 없는데 세월이란 시간은 쉴 줄을 모르니 어떻게 설명할 수 없어요.

인간의 삶 빛깔 역시 형체 없이 지나가버려요.

쌓이는 인생 역정 숱한 사연들 가득 찼는데 가슴 깊은데 서린 말들 연기같이 흔적을 찾지 못해요.

돌아보니 젊음은 자취를 감추어 찾을 수 없고 지난 날들을 허공에 새겨 봐도 메아리조차 없는 공간뿐이어요.

그래서 인생은 허무하다고 모두 소리소리 질러요.

진실을 말하면 인생은 허무하지 않아요.

그 근원 뿌리 제대로 찾아보면 인간만큼 소중한 존재가 없는걸요.

어느 누구도 우연히 세상에 던져지지 않았어요.

하나님 계획하신 질서 아래서 차곡차곡 진행되는 것을 인류 역사라고 표현하지요.

그러므로 겉으로 보기에 허망한 것 같은 지구상의 현상들은 하나님을 모르는 인간들의 시선이 올바르지 못하기 때문이어요.

인간은 영적 눈이 밝아야 해요.

하나님에게서 온 모든 것을 올바로 볼 수 있는 시야만 열린다면 인생만큼 소중한 존재는 없기 때문입니다.

우리는 아주 귀중한 하나님 자녀입니다.

소중하기 그지없는 이 땅의 삶을 감사하면서 살아야 합니다.

하루하루가 얼마나 가치 있는 시간인데요.

그래서 오늘도 감사가 넘치는 순간들을 보내고 있어요.

099 허공에 가득한 우주의 포효

하루하루 지내며 그 은혜에 감사합니다.

하나님 보좌 앞에서 최고의 행복을 누리게 하시려고 흙덩이인 내게 생명을 주셨어요.

그렇게 복을 안고 나온 저의 생명이기에 제가 지금 숨 쉬고 있다는 게 얼마나 감격스러운 일인지요.

오장육부(五臟六腑), 사지백체(四肢百體), 거기 하나님 숨결 머물고 수시로 하나님과 속삭이며 영생을 노래하게 하셔요.

언제나 제겐 천국의 환희가 넘쳐요.

비록 에덴에서 쫓겨난 상태지만 이곳까지 하나님 몸소 찾아오시어서 우리 고통을 뼛속 깊이 아셔요.

하나님의 진한 사랑은 너무 깊고 광활해요.

주님의 끝없는 사랑이 목말라 허덕이는 인간들을 가엾이 여기시며 마음과 몸을 적셔요.

아들을 잃고 통곡하는 과부의 피 섞인 눈물에 주님 눈물 섞으시어 말끔히 씻겨 주셔요.

사랑 온도 펄펄 끓어 넘쳐 죽음을 호령하여 죽은 자도 살리셨고요.

허공을 송두리째 뒤덮은 사랑의 포효! 그 소리가 우주에 가득해요.

너희들 세상 종말에 이렇게 부활한다. 알려주지요.

주님 안엔 불가능이 없어요.

어제나 오늘이나 동일하신 주님!

그 안에 오늘도 하늘만큼 땅만큼 행복하답니다.

100 축복의 진짜 얼굴

축복의 뿌리는 주님이며 근원이지요.

주님 떠나서 어떤 것도 축복이라고 말할 수 없어요.

인간이 가지고 있는 욕심은 끝이 없어요.

그 줄기를 따라가 보면 남는 거 없어요.

인간이란 주님으로부터 시작되었고, 그렇게 살다가 결국 주님께로 돌아가요.

불신자들은 그것을 무시하고 모든 것을 인간 중심에 두고 봅니다.

인간으로부터 모든 걸 시작하고 진행하려 합니다. 그러니 제대로 되지 않는 것은 당연하고 또 당연할 수밖에요.

더군다나 거기서 무슨 해답을 찾을 수 있겠어요.

인간의 역사는 그러한 가운데서 진통을 겪을 수밖에요.

하나님께서는 인간들이 그러한 과정을 겪은 후에

그가 원하시는 때를 예비하신 대로 실행하셔요.

우리는 그날을 소망합니다.

오직 야훼의 날입니다.

그날 하나님 뜻이 우주에 열매 맺는 기쁨이 넘쳐 흐르고 말고요.

모든 것의 주인은 오직 주님이십니다.

인간은 그 안에서 행복을 누리는 것입니다.

그러나 인간이 그 하나님의 뜻을 그대로 준행하지 않아요.

하나님께서는 인간이 주님께 순종하여 참된 축복을 받을 때까지 기다리셔요.

그때가 가까이 이르렀어요.

그 행복한 날을 바라보며 오늘도 감사 또 감사합니다.

| 해설 | 황충상 소설가, 동리문학원장

하나님 향한 마음 열기

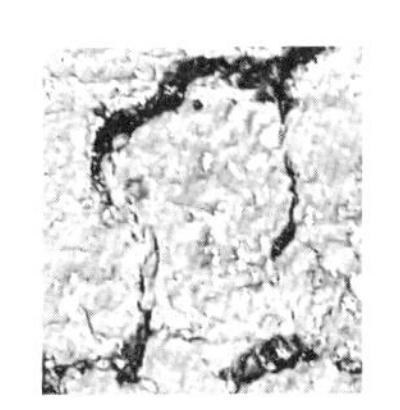

|해설| 황충상 소설가, 동리문학원장

하나님 향한 마음 열기

이계자 씨는 여인, 부인, 어머니, 교수, 목사이다. 그리고 기도의 사람이다. 그는 천만 번 가난을 외치는 복 있는 자, 아니 하나님께 이르는 기도의 사랑 자체이다. 그 사랑이 시가 되었다. 1백 개의 기도묵상 추린 시로 시집을 묶었다. 하나님 보시기에 말하지 않는 기도, 말하는 기도의 원형질로 씌어진 글들이다.

무릎 꿇고 두 손 모으고 하나님 향한 기도를 하는 사람은 먼저 내 아픈 마음을 볼 줄 알아야 한다. 오로지 하나님만 아시는 아픔, 그 상처 덩어리의 마음을 하나님 앞에 내놓아야 하기 때문이다. 실체의 아픔 그대로 우는 기도, 말없이 가슴의 눈물만 흘리는 기도, 그리하여 그 기도의 묵상은 기도하는 이의 몸과 마음을 한없이 가볍게 만들어 하나님 보시기에 좋았더라가 되어야 한다.

이계자 시인의 기도묵상은 그토록 하나님 보시기에 좋고 가벼운 시이다. 다음 인용하는 「시인의 말」은 그 까닭을 알게 한다.

> 시편을 읽을 때면 영혼 깊은 곳에서 말할 수 없는 탄성이 터지곤 합니다. 아아! 어쩜 이렇게도 하나님께서는 인간들을 사랑하실까? 전 150편의 그 시편에서 인간을 향하신 끝이 보이지 않는 하나님의 아가페 사랑을 영혼으로 깊이 만끽합니다. 너무나 감격스럽고 표현할 수 없는 감동의 물결 속에 그냥 잠기는 자신을 발견합니다.

그렇다. 그의 시가 하나님 보시기에 좋고, 누구나 쉽고 편하고 가벼운 시로 읽히는 까닭은 시편의 시를 안고 쓰기 때문이다. 사랑을 슬픔을 기쁨을 고뇌를 환희를 안고 그는 기도의 묵상을 하는 것이다.

왜 악인들이 죽을 때까지 편히 죽는가.

이건 기가 막힌 불공평이라고 고백했어요.

그것을 기록한 시편 기자는 공평하신 하나님 섭리 앞에 눈물로 호소합니다.

그 뜻을 도무지 모르겠다고요.

—「공평하신 하나님」 부분

도무지 모르겠을 때 나오는 기도가 참 기도의 문을

연다. 이계자 시인은 그 위대한 경험 속에서 시편 기자 몫의 시를 쓴다.

> 창조 시 만드신 시간이 축복의 분분 초초로 다가오네요.
> 추운 날씨에도 시간의 초침은 변하지 않아요.
> 묵묵히 자기의 할 일들을 수행해요.
> 날들을 헤아리게 하시고 연연 초조 정확히 이 땅의 날수를 셀 수 있게 해요.
> —「놀라운 계절의 변화」 부분

모든 창조의 피조물은 시간이 지나가면 하나님의 섭리를 뒤집어쓴다. 진리를 따로 찾지 말고 기도하

라. 그 기도가 너를 자유하게 하기까지. 사물은 항상 자연한 숨결로 서로의 곁에서 자유롭다. 있다는 것은 그렇게 서로를 바라보는 것이다. 이웃을 사랑하는 법칙 또한 서로 바라보며 호흡하는 데서 생겨난다. 이계자 시인의 시는 그렇게 사랑 구원을 갈파하고 있다. 그의 기도묵상은 쉽고 그 말이 그 말 같아서 모든 이의 기도묵상을 함유한다.

100개의 기도묵상 시는 「기도 1」 감사 찬미, 「묵상 2」 넘치는 축복, 「기도 3」 구원의 은총, 「묵상 4」 주님과 동행 길로 나뉘어 있다. 기도가 묵상이요, 묵상이 기도인 셈이다. 실로 들어가도 복인이요, 나가도 복인의 길을 열어 보인 기도묵상 시집이다. 아마도

이 시집을 묶기까지 이계자 시인은 하나님께 천 수, 만 수의 시를 읊었으리라. 이제 그의 시는 주님과 동행하는 감사 찬미로 읽혀져 마땅하다.

크리스천나무시인선 013
기도묵상

1쇄 발행일 | 2021년 01월 07일

지은이 | 이계자
펴낸이 | 윤영수
펴낸곳 | 문학나무

문학나무편집 | 03044 서울 종로구 효자로7길 5, 3층
기획 마케팅 | 03085 서울 종로구 동숭4나길 28-1 예일하우스 301호
이메일 | mhnmoo@hanmail.net

출판등록 | 제312-2011-000064호 1991. 1. 5.
영업 마케팅부 | 전화 | 02-302-1250, 팩스 | 02-302-1251

값 11,000원
잘못된 책은 바꾸어 드립니다

ISBN 979-11-5629-111-4 03810